U0788986

序

大明日曆序

宋濂

洪武七年歲在甲寅五月朔日新修　大明日曆成與從
皇上興臨濠踐　天位以至六年癸丑冬十又二月凡戎飭
之諄復征伐之次第禮樂之沿革刑政之設施羣臣之功過
四夷之朝貢莫不具載合一百卷藏諸金匱副在秘書甲寅
以後則歲再修而續藏焉嗚呼惟天立辟惟辟奉天其能混
合三光五嶽之氣者蓋可數也然挺生於南服而致一統華
夷之盛自天開地闢以來惟
皇上爲然其功高萬古一也元季繹騷奮起於民間以圖自
全初無黃屋左纛之念繼憫生民塗炭始取土地羣雄之手
而安輯之較之於古如漢高帝其得國之正二也平生用兵
百戰百勝未嘗摧衂以至繼天出治經綸大經皆由一心運
量文臣武將不過仰受成算而已其獨稟全智三也欽畏天
地一動一靜森若神明在上及至郊祀存於心目有赫其臨
甚至不敢仰視惠鮮小民復恐一夫不獲其所貪墨吏及豪
黠之徒有加害者必威之以刑其敬天勤民四也　后妃居
中不預一髮之政外戚亦循理畏法無敢恃寵以病民寺人
之徒惟給事掃除之役此皆古昔所深患今絶無之其家法
之嚴五也兵戎國之大權悉歸之於　朝廷有事征伐則
詔大帥佩將印領之暨旋則上章綬歸士卒單身還第其兵
政有統六也嗚呼
帝力難名度越前聖不可以一二識也今日曆所書譬畧之

運功業之著規模之宏遠其本蓋原於此矣然而史書甚重古稱直筆不溢美不隱惡務合乎天理人心之公無其事而曲書之者固非也有其事而失書者尤非也况
英明之主不世出而記注之官遷易不常無以究夫
聖德之高深臣同暨濂幸獲日侍　燕閒十有餘年知之深故察之精察之精則其書也頗謂得其實而無愧茲因日曆書成謹揭其大要於首簡使他日脩實錄者有所採擷庶幾傳信於千萬世也其總裁官翰林學士承　旨嘉議大夫知
制誥兼脩　國史兼吏部尚書臣詹同翰林侍講學士中順大夫知　制誥同修　國史兼太子贊善大夫臣宋濂催纂官翰林侍講學士嘉議大夫知　制誥同脩　國史臣樂韶鳳纂脩官禮部員外郎臣吳伯宗翰林編脩臣朱右臣趙壎臣朱廉儒學教授臣徐一夔臣孫作布衣臣徐尊生其讐校謄寫則臣伯宗臣廉及鄉貢進士臣黃杲國子生臣陳孟暘開局於六年九月四日歷二百六十有五日始訖事云臣濂謹序

洪武正韻序

人之生也則有聲聲出而七音具焉所謂七音者牙舌脣齒喉及舌齒各半是也智者察知之分其清濁之倫定為角徵宮商羽以至於半商半徵而天下之音盡在是矣然則音者其韻書之權輿乎夫單出為聲成文為音音則自然恊和不假勉強而後成虞廷之賡歌康衢之民謠姑未暇論至如國風雅頌四詩以位言之則上自王公下逮小夫賤隷莫不有作以人言之其所居有南北東西之殊故所發有剽疾重遲

之異四方之音萬有不同孔子刪詩皆堪被之絃歌者取其
音之協也音之協其自然之調乎不特此也楚漢以來離騷
之辭郊祀安世之歌以及於魏晉諸作曷嘗拘於一律亦不
過協比其音而已自梁之沈約拘以四聲八病始分為平上
去入號曰類譜大抵多吳音也及唐以詩賦設科益嚴聲律
之禁因禮部之掌貢舉易名曰禮部韻畧遂至毫髮弗敢違
背雖中經二三大儒且謂承襲之久不欲變更縱有患其不
通者以不出於 朝廷學者亦未能盡信唯武夷吳棫患之
尤深乃稽易詩書而下達於近世凡五十家以為補韻新安
朱熹據其說以協三百篇之音識者雖或信之而韻之行世
者猶自若也嗚呼音韻之備莫踰於四詩詩乃孔子所刪舍
孔子弗之從而唯區區沈約之是信不幾於大惑歟恭惟

皇上稽古右文萬幾之暇親閱韻書見其比類失倫聲音乖
舛 召詞臣諭之曰韻學起於江左殊失正音有獨用當併
為通用者如東冬清青之屬亦有一韻當析為二韻者如虞
模麻遮之屬若斯之類不可枚舉卿等當廣詢通音韻者重
刊定之於是翰林侍講學士臣樂韶鳳臣宋濂侍制臣王僎
脩撰臣李叔允編修臣朱右臣趙壎臣朱廉典簿臣瞿莊臣
鄒孟達典籍臣孫蕡臣荅祿與權欽遵
明詔研精覃思壹以中原雅音為定復恐拘於方言無以達
於上下質正於左御史大夫臣汪廣洋右御史大夫臣陳寧
御史中丞臣劉基湖廣行省參知政事臣陶凱凡六謄藁始
克成編其音諧韻協者併入之否則析之義同字同而兩見
者合之舊避宋諱而不收者補之註釋則一依毛晃父子之

舊勑成一十六卷計七十六韻共若干萬言書奏
賜名曰洪武正韻勑臣濂爲之序臣濂竊惟司馬光有云備萬物之體用者莫過於字包衆字之形聲者莫過於韻所謂三才之道性命道德之奥禮樂刑政之原皆有繫於此誠不可不慎也古者之音唯取諧協故無不相通江左制韻之初但知縱有四聲而不知衡有七音故經緯不交而失立韻之原往往拘礙不相爲用宋之有司雖嘗通併僅稍異於類譜君子患之當今
聖人在上車同軌而書同文凡禮樂文物咸遵往聖赫然上繼唐虞之治至於韻書亦入
宸慮下詔詞臣隨音刊正以洗千古之陋習猗歟盛哉雖然旋宮以七音爲均言韻也有能推十二律以合八十四調

旋轉相交而大樂之和亦在是矣所可愧者臣濂等才識闇劣無以上承　德意受命震惕罔知攸措謹拜手稽首序于篇端于以見
聖朝文治大興而音韻之學悉復於古云

太古正音序　　宋濂

余少時則好琴嘗學之而患無善師與之相講說雖時按譜[illegible]滌湮鬱而暢滯憤心弗自是也後聞泠君起敬以善琴名江南當時學琴者皆赴其門余尤慕之以爲安得一聽以償夙音之好乎及入　國朝余既被　命起仕而泠君亦繼至時
天子方注意郊社宗廟之祀病音樂之未復乎古與一二儒臣圖所以更張之泠君實奉　明詔定雅樂而余豫執筆製

臣圖所以更張之今音實奉　明詔定雅樂而余謬執筆與
天子方注意於社稷宗廟之祀而音樂之未復乎古與一二儒
臣得
賓周音之好乎文人　國朝命所旅　命從而冷音亦纔
合正南當時學琴者皆執其門令尤慕之以為安得一聽以
[illegible]游變鑿而暢遠情心弗自是也後聞冷君究致以善琴
余必得則好琴學之而思無善師與之相講説前明校譜

太古正音序　　宋庠

聖朝文治大興而音韻之學悉復於古云
龢端于以見
谷無以上承　德意受命震惕罔知攸措謹拜手稽首序十
淺韓相交而大樂之和亦在是矣所可識者臣集等十識闇

淺宮以十音爲均均言韻也有能推十二律以合八十四調
衆德下諸調臣隨音判正以淺于古之臨聲而盛哉雖然
饑廣寔之治至於韻書亦入
聖人在上車同軌而書同文乃禮樂文物咸遵往聖術然上
春于慈大富令
原往宗物疑不相爲用宋之有司循嘗適拜僅粗異於類譜
恒知疑有四聲而不知衡有十音故經綸不交而未立韻之
可不慎也古者之音惟取諧協成無不相適改古制詩之和
三十八之道准命淮之與禮樂刑政之原貴有發於此誠不
萬物之體用者莫過於字母字聲之形聲者莫過於韻所謂
賜令曰共武正韻於臣集編修諸同臣思光有志備
舊韻所成一十六卷音七十六韻共若干萬言書奏

歌辭獲數與冷君閒抱琴〻爲余鼓數曲余瞑目而聽之悽焉而秋清盎然而春煦寥乎悲鴻吟而鶴鷄鸞鳳追而和之也咻咻乎冰合萬壑瀑布直瀉其上而松桂之風互答而交衝也懇懇乎如唐虞君臣上規下諷而不傷不怒也熙熙乎如漢文之時天下富貴而田野耆耄乘車曳屣嬉遊笑談弗知日之夕也余倦爲之忘寢不自知心氣之平神情之適閱旬日而餘音繹繹在耳誠知其美而欲學焉而余巳老耄不可勉矣既而冷君出其所次琴譜曰太古正音者示余且曰子之所聞者皆出乎此所未聞者可按譜而學也子可以序之重余有感焉樂之爲教也大矣古之人自非居喪服有異故則樂未嘗違乎左右所以攝忿疾之氣通神明之德其助豈爲細哉後世古樂寖久寖亡今之所存若琴者無幾士大夫又鮮能而寡聽之雖如余之有志於學猶有耄老無聞之悔況不若余之質固者乎誠以有其器而無其譜而其制不全故也今冷君獨不自私其藝將使人人可按譜而學豈非古人用心哉然余恐人見其易而忽之也故道願學之意以見其爲術之難述所聞者以告之使人知冷君之用志於琴甚久非特空言而已也冷君名其其郡人今爲協律郎

味梅齋藁序

洪武初余奉　詔總裁元史于時豫執筆者凡數十人皆四方豪俊余日與之周旋會聚間一休沐輙相過從飲酒爲歡酒闌氣盛撫掌大噱論古人文章政事不深夜不止信一時之樂哉然當是時諸君者皆壯強無恙余雖稍長亦未耄老方以爲此樂可以常有未知其爲樂也及後未數年人事稍

稍乖殊或得州縣散之南北或以老癃疾疢引歸田里或秪法遇患轉徙遠方求如舊時之歡須臾而不得然後知此樂之難遇每一思之不知俛首愴心而繼之以歎息也又况余年愈耄觸事愈多而英才凋謝愈盡雖欲不思何可得哉幸而獲見一人於十餘年之後而又得觀其文辭其慰喜又爲何如也若吳郡傅君則明是已則明在數十人中以能文稱當乖殊之時歸爲邑人師得益勉其所學最後獨存而文益進天之於則明可謂加厚矣今年自吳中寄其文曰味梅齋藁者示余皆馳驟可喜嗚呼四方之英俊至是無幾矣然則則明之文何可少乎

贈李子貞序

昔天下盛時文學行義之士多出於江淮以北今豈異於昔

哉何其遼邈而未見之也元興乎朔方其化自北始故士之北產者尤盛於元今

皇帝起南方士之盛誠由南方始自南而北理勢之必然也况 朝廷思用北方士甚至有一材者即尊顯之所以運化機欲其速變也士生其間者安可不勉乎安豐李子貞善讀書有文士之秀者也其婦之弟鄭子端爲通事司丞涉遠道訪之其於行義得矣及其歸也子端須余文贈之亦欲化其鄉人以文學乎子貞歸告而父兄語而朋友 上方以文治思得奇才而用之有志功名者愼無自棄哉

羅文質公集叙 胡翰

尚論人物者功業易見學術易知而道德爲難顏子之不違二必孔子而後知之有若之似聖人必曾子而後辯之一時

之門弟子非不賢也日與之處也猶不能致察於斯而況庸
常之人方之聖賢才智相百十也將採其所蘊之精微孰從
而得之乎而況世之相去又遠也將極所至之高妙孰從而
得之乎楊子雲曰存則人亡則書將以於其書而知之而得
之羅文質公之在宋仕不登於朝化不行於國紹興之末言
任斯道之重者必屬之先生焉先生受學於龜山楊文靖公
因文靖而見伊川程正公則固及程氏之門矣當是時若李
籲之才器謝良佐之力學張繹之高識尹焞之篤行未嘗不
與其進而道南之歎明道獨於龜山發之及論西銘猶不能
無疑伊川以理一分殊喻之道之難明也如此先生聞易於
龜山與其聞於伊川者無間則固會而為一矣嘗謂漢唐儒
者能自樹立不過注心於外與之游仲尼之門入堯舜之道

必不能至此其志為何如哉由是性明行完擴之以廣大體
之以仁恕有如李延平之書潛思力行任重詣極有如朱晦
菴之言其所造又何如哉李籲輩未聞有以是與之者今欲
以其近似而窺測之固學者之所惑也獨不考之先生之遺
書乎蓋博古通今務以文章為學者非先生之學也忠信愿
慤不為非義而自守者非先生之學也二者不同而俱失之
先生之學靜而求之喜怒哀樂未發之中擴而極夫肫肫其
仁淵淵其淵則達天德之妙矣舉而措之行事施於有政則
莫非達道之用矣故先生退而隱居而志常存乎天下遭世
多故而義不忘乎　朝廷其言曰仁義者人主之術也一於
仁天下愛之而不知畏一於義天下畏之而不知愛三代之
主仁義兼隆又曰人主欲明而不察欲仁而不懦又曰祖宗

主仁義董又曰人主欲明而不察於仁而不論又曰祖宗
行天下發之而不取一於義天下取文而不知窮三代之於
多故而義不入於中矣朋其言曰仁義者人主之術也一於任
輿非運道之用故夫主進而體而居而帝者於下不遵用
仁淵其淵則而求夫感之大用者而中以樂於行禮之為其
先主之學靜則道天文要樂求中庸而不同夫能成
務不為非義而自中夫之樂之之中二不同而非其後之屬
書千古道今尚以文章為學者非不也二而先信遠之遺
以其言以所而以經又同以國學者之所其也之其中先之主遠
華之以何元知乎又何以故其實所未聞有以是由於書今以
之以仁為有至乎之書者思力行任重語極有即未大
於不能至此其志為何加故由是以所行完備之以廣大
皇明文衡卷之三十八 十
昔能自樹立不遺達以於外與之於中而之門人意獨之道
靈山與其間於其川者無間固會而為一處嘗謂漢唐於
無疑何以理一分殊之道於此明也如此論西者由不能
與其進而道南之傳有數月之然文學之高行未嘗不
黨之十譜皆於川程自公釋之方得文章不
因文精而見伊川以從之又程以文間於靈山得文溥公
伊之十道之重者必在宋於於固語知者文未言
以繹文演公於任於不在宋則人已罷知之而
得文千十章曰有先之而與後之而高也於而
而學十而後以相大又選書諸可是之所至至精從
常又入之方人子質其有百十此所據其所學之論也
入門於十非不須由日與之而傳不能以究於事而況傳

法度不可廢德澤不可恃又曰名器授之君子則貴授之小人則賤又曰士之立朝正直則朝廷無過失忠厚則天下無怨嗟類皆切於時弊達於治體其言既足以懲熙寧創制之失其授受之際又足以啓淳熙理學之正觀是集者雖不能盡知先生因文以求義因迹以求用庶亦得其緒餘乎余嘉遂不墜其家學以寡聞陋見論前人之道德其亦過矣仲尼之門顏子交一臂而失之而况其遠者其亦難言矣姑存其大要焉

風水問答序

胡翰

烏傷朱君彦脩故文懿先生之高第弟子也少讀書從先生游最久嘗有志當世充賦有司不合退而業醫猶幸其濡沫及人也著書數萬言曰格致論人多傳之而君之醫遂名海

右又以陰陽家多忌諱不知稽諸古也復著書數千言曰風水問答書成示余雙谿之上推其用心可謂至矣易曰仰以觀於天文俯以察於地理天確然在上其文著矣地隤然在下其理微矣著者觀之微者察之知乎此者知乎幽明之故非聖人孰與焉而漢魏以來言地理者往往溺於形法之末則既失矣至其為書若宅經葬經之屬又多秘而亡逸不傳則失之愈遠矣朱君力辯之以為人之生也合宗族以居為宮室以處審曲面勢得則吉不得則凶其理較然及其死也祖宗之神上參于天舉而葬者枯骨耳積歲之久并已朽矣安知禍福於人貴賤於人壽夭於人哉故塟不擇地而居必度室據往事以明方今出入詩書之間固儒者之言也昔者先王辯方正位體國經野土宜之法用之以相民宅土坐之

法用之以求地中皆為都邑宮室設也而冢人墓大夫之職公墓以昭穆邦墓以族葬借欲擇之其兆域禁令孰得而犯之以是知君之言為得也惜其書不見於二百年之前於與山陵改卜之議晦菴朱子以忠貫禍夫以一世豪傑之才千古聖賢之學萃乎其人觀於天下之義理多矣而篤惟蔡元定之說是信者果何也哉吾邦自何文定公得朱子之學於勉齋四傳而為文懿君受業先生之門討其平日之所討論亦嘗有及於斯乎不然則是書成於先生未易簀之日必能是正其說傳信於人而顧使翰得而讀之豈知言哉且翰先人之塋今十年矣襄事之初冒甯將命而不暇擇嘗惕然於先儒土厚水深之言於是得君之書欣然如獲拱璧昔里有余禎者以是術游江湖間邵菴虞公深敬信之其著書曰地

理十準虞公稱其有得於管輅王吉之傳力詆曾楊之非而不悟指蒙非輅所作則與翰同一惑也書之于篇朱君其幸終有以教之

右樂府詩類編序

太原郭茂倩裒次樂府詩一百卷余采其可傳者更定為集若干卷復論之曰周衰禮樂崩壞而樂為尤甚自制氏爲時樂官能紀其鏗鏘鼓舞而不能言其意則天下之知者鮮矣況先王之聲音度數不止其所謂鏗鏘鼓舞其人固不能盡紀也以是言之豈不難哉若聲詩者古之樂章也雅鄭得失存乎其辭辯其辭而意可見非若聲音度數之難知而國家之制作民俗之歌謠詩人之諷咏至于後世遂無復雅頌之音雖用之郊廟朝廷被之鄉人邦國皆猶世俗之樂耳獨何

歟蓋詩之爲用猶史也史言一代之事直而無隱詩繫一代之政婉而微章辭義不同由世而異中古之盛政善民安化成俗美人情舒而不迫風氣淳而不散其言莊以簡和以平用而不匱廣而不宣直而有曲體順成而和動是謂德音及其衰也列國之言各殊儉者多嗇強者多悍淫亂者忘反憂深者思蹙其或好樂而無主困敝而思治亦隨其俗之所尚政之所本人情風氣之所感故古詩之體有美有刺有正有變聖人並存而不廢唯所以用之郊廟朝廷非清廟我將之頌不得奏於升歌宗祀非鹿鳴四牡大明文王之雅不得陳於會朝燕享內之爲閨門外之爲鄉黨非關雎麟趾則鵲巢騶虞之風情深而文明氣盛而化神故可以感鬼神和上下美教化移風俗今茂倩之所次有是哉以其所謂郊祀安世黃門鼓吹鐃歌橫吹相和琴操雜曲攷之漢辭質而近古其降也爲魏魏辭溫厚而益趨於文其降也爲晉晉之東其辭麗遂變而爲南北南音多豔曲北俗雜胡戎而隋唐受之故唐初之辭婉麗詳整其中宏偉精奇其末纖巧而不振雖人竭其才家尚其學追琢襞積曾不能希列國之風而況欲反乎雅頌之正滋不易矣是以郊廟祭祀則非有祖宗之事美盛德告成功之實會朝燕享君臣之間則非有齋莊和悅之意以發先王之德盡羣下之情哇聲俚曲若秦楚之謳巴渝之舞涼伊之技莫不雜出以爲中國朝廷之用慆心盈耳不復知其爲教化風俗之蠹夫民不幸不見先王之禮樂考其聲詩蓋有足言者然以唐虞之盛不能無憾焉吾於此見其風氣之淳人情之泰政治俗尚之美皆非古矣其治亂得失

風氣之漓人情之薄政治俗尚之美皆非古矣其治亂得失
竊詩蓋有足言者然以唐虞之盛不能無憾焉於此見其
復知其為教化風俗之盡大矣不幸不見先王之禮樂者其
之雜流伎之技莫不雜出以為中國朝廷之用酒必盡耳不
意以發先王之德盡善下之諠譁便則曲者奉楚之圖已渝
盛德成功之實會萬邦享君臣之間則非有莊雅和平之
平推原之正滋不易矣是以郊廟祭祀則非有祖宗之事美
諸其十家尚其學道珠璣積嘗不能希圖之風而況欲文
唐物之讕競麗詳盡其中宗偉精詩其未纖巧而不厭難入故
騷變而為南北南音多豔曲北俗雜胡戎而隋唐受之故
降也為辭賦溫厚而益趨於文其降也為晉之東其辭
黃門鼓吹鐃歌之樂府和者其雜以之漢魏而近古

美教化移風俗今茂詩之所次有是哉以其所言郊祀安世
歸漢之風情深而文明廣盛而化神故可以感鬼神和上下
於會朝燕享內之為閨門外之為鄉黨非關雎麟趾則鵲巢
頌不得參於其祭祀非薦為四牡大明文王之雅不得陳之
變聖人並存而不廢唯所以用之郊廟朝廷非清廟我將之
政之所本人情世風之所敬故古詩之體有美有刺有正有變
深著思其好樂而無主國微而思治亦隨其俗之所尚
其義也列國之言各殊憂者多諧樂者多調亂者多怨反憂
用而不賈實而不宣實而有曲體成而中動是以諧者吉反
成俗美人情舒而不迫風氣淳而後敦其言和以平
之政娛而微章韻義不同由世而異中古之盛政善民樂化
與蓋詩之為用備也矣言一代之事直而無隱諱深一代

是非邪正雖去之千數百載不待其言之著而今皆可見者則詩之為用豈不猶史之事哉故合而論之以寓吾去取之意將望於後之作者焉

王氏數學舉要序

數何始乎始於古之聖人六[illegible]九章蓋太昊軒轅氏所作也其學則古無有也六藝之教在小學八歲之童習之而九數在當時猶一藝爾道術裂於天下百氏之說並興天下之言數者不必本於儒而儒者亦罕究其奧於是有國者立於一家之學五曹孫子之科隸在國子雖以之名家可也然議者猶以一曲病之故其學之興也不能如古之恒久其為教也徵之於今而不可得方田之法廢則度地不得其要粟米之法廢則交質不通其變以至稟稅積纍則無衰分少廣以御

之高深廣遠則無重差勾股以御之間有名其術者舉一貨一幣一程一度銖銖而乘之銖銖而除之寸寸而乘之寸寸而除之終其書不出乎此學之者終其書不得其術亦惑矣吾不知古所謂五曹九章法者有類焉否也意其不若是也必矣數者天地之紀也萬物之統也唯聖人能舉之聖人達乎天地萬物之情故也不達乎天地萬物之情以言乎數者則賴有聖人之法存焉耳當小學既廢之後法之存者鮮矣雖世所謂通儒或莫之能於是有言之者吾乃以其不能而病之亦惑矣且百氏之說不適於用君子不病之是雖不當於古豈不愈於百氏之說哉故吾於王氏之書有取焉其言九九奇兩之法較之世所見者約而甚覈于以均多寡比輕重揆高卑準遐邇或盈或朒或正或員紀一衍萬極乎兆京

正載其用不窮其意亦將授之於人非欲人之不知也使數學復興則是書宜不廢吾惜不及見其人而獨得其書以論之其有深於此者吾亦不敢謂其盡於書也吾聞之物生而後有象象而後有滋莫非數也豈必由其術者然後能通之歟苟通之雖謂之儒者可也而儒者之學則大矣

贈楊載序

洪武二年余客留京師會楊載招諭日本自海上至未幾詔復往使其國四年秋日本奉表入貢載以勞獲被　寵賚即又遣使流球五年秋流球奉表從載入貢道里所經余復見于太末竊壯其行丈夫生不為將得為使足矣綏頫折衝之間一言得之足為中國重一言失之亦未嘗不為夷狄侮笑東南海中諸夷國遠而險者惟日本近而險者則流球耳由

古以來常負固桀驁以為中國不足制之元入中國所統土宇與漢唐相出入至元中嘗命省臣阿剌罕將兵討日本未及其國而海舟多漂覆不利其後又議取流球用閩人吳誌斗之言不出師而遣使往喻其國留泉南者雖久之訖不能達而罷豈二國果不可制乎亦中國未有以服其心也今載以一介行李冒風濤之險涉魚龍不測之淵往來數萬里如行國中不頓刃折鏃而二國靡然一旦臣服奉表貢方物稽首拜舞　闕下此非人力蓋
天威也天威所加窮日之所出入有國者孰不震疊因其震疊而懷柔之行人之事也非有陸賈之辯傅介子之勇莫膺其任而載慷慨許國奮不顧身者吾不知其何所負也竊求其故而於駙馬王公見之公在閩中嘗取漢太尉家法書以

遺載欲其不失爲清白吏子孫意者夷人饒於貨寶恒以此啗中國之使中國之使受其啗而幷之鮮不紛於利者使載不紛於利則奉天威命安往而不濟苟紛於利則雖奇丈夫檢押小子之不若耳幸加勉焉　國家委重非特使事蓋將授之以政矣

靈棋經解序

劉基

昔者聖人作易以前民用靈棋象易而作也易道奥而難知故作靈棋以象之靈棋之象雖不足以盡易之蘊然非精於易者又焉能爲靈棋之辭也哉靈棋之式以三爲經四爲緯三以上爲天中爲人下爲地上爲君中爲臣下爲民四以一爲少陽三爲太陽二爲少陰四爲老陰少陽與少陰爲耦而太陽與太陰爲敵得耦而悅得敵而爭其常也或失其道而耦反爲仇或得其行而敵反爲用其變也陽多則道同而相助陰多則志異而相乖君子小人之分也陰陽迭用體有不同而名隨之異變易之道也易之取象曰車曰馬曰桷曰矢曰鬼曰狐之類推而達之天下之物無不該矣曰馬矣而又化爲龍曰水矣而又以爲雲變易之義也非通天下之賾者不識也故曰靈棋象易而作也非精於易者不能也予每喜其占之驗而病解之者不識作者之旨而以世之卜師之語配之故爲申其意而爲之言若夫以爲黄石公之授張子房之受則傳無其文史無其實予不敢從而附會之也

贈徐仲遠序

世之所謂禍福通塞者果由於命邪聖人罕言命命果不足道邪孔子曰道之將行也與命也道之將廢也與命也自古

固有不仁而安榮守道而戮辱者庸非命乎古之人以壽富康寧攸好德考終命爲福而不言貴今之論命以官爵之大小品高下豈古之所謂禍福與今異耶好德無踰於仲尼則尼窮而在下顏淵亞聖三十以死曹孟德司馬仲達位在人上而以壽終且及其子與孫禍耶福耶所謂命者當何以斷之哉易曰窮理盡性以至于命孔子曰不知命無以爲君子也今之言命者其果有合於古人否乎天以陰陽五行生爲人也陰陽五行之精是爲日月木火土金水之曜七曜運乎上而萬形成于下人也者天地之分體而日月木火土金水之分氣也理生氣氣生數由數以知氣由氣以知理今之言命者之所由起也夫氣毋也人子也毋子相感顯微相應天人之理也則亦何可廢哉日至而麋鹿解月死而蠃蛖膲溫

風動而薺麥死清霜降而豐鍾鳴物理相通不可誣也天台徐仲遠以七曜四餘推人生禍福無不驗予甚異之而贈以言若夫吉凶利害之所趨避則吾聞之孟子矣

夏小正集解序

王禕

夏小正世以爲夏書其書在大戴禮中傳之者戴氏也鄭康成爲之註或曰盧辯註謂爲鄭氏非也潁川韓元吉氏嘗以范太史家藏舊本校定之然與故所傳闕本訛舛不同會稽傅崧卿氏又據闕本而爲訓釋實多所補正及考亭朱子集儀禮尊信小正而用之經其論定者旨益加明矣今括蒼趙君復集諸家之說而爲之解於是爲尤詳密者也以予論之小正之爲夏書不可無疑者孔子定書斷自唐虞書以曆象日月星辰敬授人時爲重事小正其遺法也孔子嘗曰我

象日月星辰敬授人時爲重事小正其遺法也孔子嘗曰我
小正之爲夏書不可無疑於孔子定書斷自唐虞書以曆
君復集諸家之說而爲之辨於是乎詳審者也以平論之
儆遺簡牘信小正而用之入經其論定者固益明矣今指者適
傳崧卿大又攗闕本而定之實未敢苟作正及古者亭求于集
箋大戴禮舊本於元本之外附與序東關本許不同會習以
狀爲之注或曰盧辯注而諸說不同矣非也四川韓元吉以書以
夏小正世以爲夏書其書在大戴禮中傳之者蓋寡也其

夏小正集解序　　王䎖

言者未言也所謂譯則吾聞之孟子矣
徐仲車以十體四德推入主禍福無不驗於其本之而贈以
風動而豪來而稱降而舊鍾焉者理相通不可誣也天台

人之理也則亦何可廢哉曰至而康寧順年凶死而禍福諸說備
命者人之所由起也夫氣毋也人于十世毋于相感類相應天
於分合也理主氣主數由數以知氣由氣以知理今之言
五行萬物成于十干人也者天地之分體而日月木火土金水
人也象陰陽五行之精是爲日月木火土金水之躔推運于
也今之言命者其果有合於古人乎天以陰陽五行生爲于
支數也曰窮理盡性以至于命孔子曰不知命無以爲君子
上而大夫亦且及其千吸終而所謂富貴者壽命何以斷
而諸而在下者猶有理而一十以醫占德回惠中孔而行入
小品言下皆古人所謂富福與今異焉或緯紀命中而則
運鑠戍甲有先來命之論而不言曹之今之論命之書非大
固有不在干于此而殆乎若論之命乎古之人又書

欲觀夏道是故之杞而不足徵也吾得夏時焉及答顏淵以爲邦曰行夏之時而作春秋用夏時以冠月其有取於夏時如此設小正誠夏書則在孔子所必取然而不與禹貢同列於百篇何耶鄭氏謂夏時者夏四時之書其書存者有小正則以小正爲夏書者鄭氏也不信聖人而漢儒是信可不可耶禮記月令漢儒皆以爲周公作而其中雜有虞夏商周秦漢之制殆漢末諸儒採呂氏十二月紀淮南子時則訓等書爲之耳大戴禮之有小正小戴禮之有月令烏知其非類耶或曰呂氏據夏小正以正四時或曰小正具十二月而無中氣有應候而無日數至時訓乃五日爲候三候爲氣六十日爲節因小正而加詳也意者小正特出於月紀時訓之前者耶是則以小正爲夏書誠有可疑者也趙君之言謂鄭氏以

小正爲夏書本無左驗所紀昏旦中星與星之見伏率與月令月紀時訓不合唐一行推以曆術知其實在夏時其爲夏書無疑是又不然天雖高星辰雖遠苟求其故則精曆數者悉所能考蓋自上古以來天行日至星辰之次舍其度數無不可知況在夏后之世安知非精曆數者逆考而遡推之求其故以著于書亦豈可遂信之而不疑乎世以本草爲神農之書素問爲黃帝之書其果出於神農黃帝否乎本草素問不可必其出於神農黃帝月令不可必其出於周公則小正之爲夏書予固不敢不致疑其間也惜乎趙君已不可作不得以予所疑者質之然君之爲此書則既考覈詳而論辨密卓見絶識往往而是不其有可傳者歟第其眞本及所著他書皆厄于兵而此篇者乃其伯氏掇拾遺藁重所繕録章句

書以可十示而已諸古乃其伯又疑合[illegible]東事中[illegible]
章見以[illegible]謂注注而是不其有可便並當與鄭其眞本所著也
傳以爲于所雖者直大之[illegible]首之其爲比書則[illegible]罪而辨論[illegible]
之爲貞其[illegible]圍不敢不殺其今不可以[illegible]而不可作小正不
不可必其出於神農黃帝月令出於[illegible]以其[illegible]而則[illegible]正
之書其[illegible]之書其果出於神[illegible]以本[illegible]草之爲本[illegible]小[illegible]
其故以著于書亦豈可信非不[illegible]數者[illegible]本[illegible]必求而其夏求
不可知況於夏后氏之[illegible]安知大行日至星[illegible]之次合數無
書所能者[illegible]上古以來行事求其故則術數者
矣所謂是又不天辭高星辰[illegible]數[illegible]其求其夏則
今雖紀解不合[illegible]一行推以考[illegible]其在夏時爲其
小正爲眞者本無所紀日中星與[illegible]之見於[illegible]同

皇朝文獻通考卷二十八　十五

則是以小正爲夏書有可疑者也[illegible]言鄭氏以
爲小正而加詳也其[illegible]則月令十二紀[illegible]本[illegible]此故曰
[illegible]有因而[illegible]之者也小[illegible]正也[illegible]日[illegible]小正[illegible]
[illegible]以日禮記[illegible]數夏時四[illegible]以正之三[illegible]十[illegible]具其中
爲之[illegible]其數之小[illegible]其有正之月紀十二[illegible]有小[illegible]中
漢之諸儒[illegible]夏小正爲周公所作其中有[illegible]時則從夏
[illegible]以正爲夏書者[illegible]不信[illegible]二[illegible]大夏而[illegible]
則以[illegible]小正[illegible]夏書[illegible]有小正[illegible]
[illegible]此[illegible]小正[illegible]書[illegible]取[illegible]同[illegible]
爲[illegible]日[illegible]夏[illegible]者[illegible]以[illegible]夏[illegible]
[illegible]夏[illegible]是[illegible]之[illegible]而不[illegible]也[illegible]夏[illegible]以

字書之脫誤不能無之覽者擇焉而已君諱友桂號仲其字學行志業具載宋太史所爲墓誌兹故弗道而論予所疑者序其書焉

黄子邕詩集序

盱江黄子邕氏善爲詩其詩有四辭勢纂者皆古樂府歌行五言古體總若干卷其辭簡質平實壹本於漢魏而絕去近代聲律之弊殆幾於古矣嗟乎若子邕者豈非其意欲追古之作者以爲旅然可不謂爲今世之能言者歟予嘗論之三百篇之詩其作者非一人亦非一時之所作而其爲言大抵指事立義明而易知引物連類近而易見未嘗有艱深矯飾之語而天道之顯晦人事之治否世變之隆污物理之盛衰無不著焉此詩之體所以爲有繫也後世之言詩者不知出

此往往惟衒其才藻而漫衍華縟奇詭浮靡之是尚較姸蚩工拙於辭語間而不顧其大體之所繫江左以來迄于唐宋其習皆然是其爲弊固亦非一日矣今子邕乃能斥漫衍以爲簡斥華縟以爲質黜奇詭以爲平易浮靡以爲實讀其辭知其於天道人事世變物理之際詳矣等而上之詎止於漢魏而已哉故予以謂子邕之詩殆幾於古今世能言之士如子邕者蓋不可多得也子邕嘗北游遭世叔季其言不見用其志鬱鬱不得遂頓

今天子明聖盡收前代遺才而甄錄之故子邕遂擢官於禮部會朝廷方務稽古禮文之事討論潤色出於子邕者居多蓋子邕之學不特善於詩而已予故論其詩并及其平生之槩使讀之者因得以悉其人而又以見予於子邕之詩能知

其意之所在與其學之所至非苟焉相好而已也

送鄭仲宗序

上之三年夏詔徵江南諸郡縣民凡稱大家者悉赴闕既集
闕下則造之於廷而親訓諭之凡天地陰陽性命仁義古今
治亂盛衰紀綱法度賦稅供給風俗政治得失之故諄諄焉
累數千百言又恐其或遺忘而不能詳也則刻而爲書以摹
本分賜之乃六月十三日庚午
上御奉天門翰林臣宋濂臣詹同臣王禕及起居注臣陳敬
奏事畢賜坐從容問曰卿等知朕所以訓諭斯民之意乎臣
禕謹對曰自古帝王皆身兼君師之任君以治民師以教民
三代而下爲人主者知爲治而不知爲教今
陛下主天下爲治之道已備而又集凡民而訓諭之耳提面

命不啻嚴師之於弟子此政古昔帝王教民之意也又問卿
等亦嘗見鄉人有論否乎臣濂對曰臣鄉人浦江義門鄭氏
實嘗受訓諭爲臣言　陛下教之之旨甚至今還且將以所
賜書重刻而摹之使其鄉里之民家有是書以廣宣
聖意矣越數日仲宗來請別且求言以爲贈仲宗卽所謂義
門鄭氏者也夫仲宗之來旣承
聖天子之叮嚀告戒至詳且悉天下之言宜莫有加之者矣
而顧又求言於禕何邪禕也聞之三代之民人有士君子之
行豈必皆待上之人匡直輔翼而振德之哉蓋其性質本善
而又薰陶漸磨之素至故一鼓舞之間莫不興起於爲善而
比屋可封之俗成矣今仲宗之家十葉聚食譪然有仁義之
風庶幾一家之三代今又昭受聖訓而且圖使鄉里之民同

風俗殺一寀之三代今又服習聖賢所由且國家頒里之民同
比屋可封之俗成今仲宗之家十葉□□溢言育三義之
而文章尚御齊大宗至哉一鼓舞文開莫不興起於其爲治
行道必皆待上之人匡直輔翼而振德之然後其性情之本善
而顧文求言作偉可稱也聞之三代之民人有士習于之
聖天子之門吉敉王詳且悉天下之言宜莫有加之者矣
門下御者也夫仲宗之來說承
聖意美紬繹日中宗來論則且未言以爲贈仲宗仰所謂義
總書重刻而摹之使直鄉里文民家有其書以書宣
實求安訓讀爲臣言　陛下教之旨宣主今還且指以所
學亦嘗見鄉人有論否乎臣謹對曰臣歸人淮江義門鄭氏
命不害體所以於第子比攷古昔帝王教民之意也又聞

陛下主天下兩古之道已備而又集民而訓諭之耳提面
三代而下爲人主者治治而不知爲教令
謹按曰自古帝王皆身兼君師之任以治民而以教民
奏章畢臣宋濂臣從容開曰御筆所以訓諭斯民之意乎臣
上御奉天門翰林臣宋濂臣聞臣王禕及起居注臣陳敬
本分興之方乃六月十三日與乎
累數千百言又恐其或遺漏而不能詳也則遂爲書以摹
治亂盛衰紀綱法度與夫教化施之風俗政治之得失以詔萬
關下則遂次作其而觀言諭之凡天地陰陽往命仁義古今
上之三年見誥微江韓諸都縣民凡輔大宗青忠之閥閱集
後漢中宗序
其意次所由與其運之所至非苟焉相好而已也

興於仁讓上下相成如此豈非三代之君民者與夫紀述上德而推揚之以風厲乎四方者史臣之職也禕故具志其事書以告仲宗若仲宗才學之懿行役之勤則凡賦詩者當能稱誦之玆不復道

潛谿後集序　　趙汸

潛谿前集凡十卷冠以陳公衆仲序文浦陽義塾既刻而傳之後集筆藁日新卷帙未有終也宋公以書來俾汸序其意顧以病廢學閱歲無以復命又念與公相知有自蓋嘗徧觀前集而惜乎陳公有未及盡見者然則後集固不可無序汸既不敢讓知其又奚辭迺爲序曰脩辭以爲文非古也其起於漢之西京乎太史公傳司馬相如吾丘壽王東方朔枚臯王褒之屬以善屬文見知人主然皆不得列於儒林而孔子弟子別爲傳謂辭章爲文而不本於經蓋昉於此至唐韓子宋歐陽公曾子固相繼而出始考諸經以立言其器識之大學問之傳志節之固又足振而興之文辭之用於是爲貴雖子朱子纘周程之緒猶且誦法表章而不敢忽焉棄正則顯於東南當道學復明之世刻意脩辭不踐故迹而乖離侵畔自窒其源其視韓歐持起於千載之下而知所宗尚者爲何如也是以君子尚論浙東先達必以東萊呂公爲歸豈非以其傳而知要能自得師雖儗諸孔門游夏之倫而無愧也乎若夫辭達理明不繳繞於陳言而固與之合則百餘年間莫善於侍講黃公者矣景濂父主呂公之鄉而將于黃公之門其學以經爲師而尤長於周禮其出入百家鉤深索隱蓋將以自致也而不但資爲文其於爲文直以才高思敏舒之歟

之無適不宜而未嘗有意於為作當其發憤擇術直詆辭章為溪言詭藻為宿織期於刻削刊落以徑趨乎道德之塗而於呂公尤惓惓咏思歎慕若不能自已於言者則其於輕重之類得失之幾察之明矣別集之行豈徒欲以文辭名世者哉蓋汸所知於景濂父者如此若夫陳公謂為文必傳諸師而後可者景濂父既不以自多而汸又不足以言之顧嘗聞之袁公伯長嘗問於先師虞公伯生曰為文當何如虞公曰子浙人也子欲知為文當問諸浙中庖者子川人也何足以知之袁公曰庖者何用知文乎虞公曰川人之為庖也麤塊而大臠濃醯而厚醬非不果然屬饜也而飲食之味微矣浙中之庖者則不然凡水陸之產皆擇取柔甘調其湆齊澄之有方而潔之不已視之泠然水也而五味之和各得所求羽毛鱗介之珍不易其性故予謂為文之妙惟浙中庖者知之袁公蓋矍然稱善也自虞公為是言學者竊論以為非黃公之文不足以當之衆仲嘗學於虞公而景濂父黃公之徒也二公之所指授信乎有異於他門者哉善觀斯集者則得之矣

送操公琬先生歸番陽序

聖天子既平海內盡輦勝國圖史典籍歸于京師乃
詔脩元史起山林遺逸之士使執筆焉凡文儒之在官者無與於是在廷之臣各舉所知以應　詔汸以衰病屢謝　徵
命亦誤在選中使者至郡太守將吏皆能言其病狀然莫肯受其辭者故不得終辭冊過嚴陵適前太史金華宋公景濂亦至曰有　詔召王子充於臨漳矣予曰汸衰病日增非可

亦至曰亦詣然王于元亦語譚矣千日亦若而曰通非可
受其教者皆以不得請扁尚大史金華宋公景濂
命亦詳於中使者至郡太守真宣
與於是在之臣各舉所知以應詔於以數屬
詔修元史起山林遺逸之士各文儒之有官者無
聖天子臨御四海國史典籍歸于京師
從操公先生歸序

矣
二公文所指甚信乎有異於他門言者故嘗觀其集者則得之
之文不足以當之家作者學於虞公而思濂父黃公之後也
黃公蓋擅文辭華也自虞公為是言學者論以為非黃公
未然介文之語不為其性故乎謂為文之妙準於中庸者知之

有方而盡之不已焉文之泳水也而王朱之和合渾行末然
中之所否則下於流水漫之應而取舍其謂其消渾渡之
而大儒譽論不厚薄非不果然為渾也而文文不遊溪矣游塲
知之東公曰有所者自用知文十處公曰川入公窩而也矣塲以
於游入也于欲知為文安尚溯中流者乎川入也何及以
之京公伯長嘗聞於先師虞公伯生曰為文當何如虞公曰
而後可者景濂於則不以自多而文不足以言之簡靄寬闢
哉蓋亦所知以景濂以文如此若夫讀公讀文必傳諸
之積年先六文歟所可言者行之其欲以文辭白世者
於呂公無彌思歎察不能自已於言者則其於輕重
為淫言謂稱道其前則當以遏乎道德之途而
之無適不宜而未嘗有意於為之作當其識直以辭章

出者縱出亦無補於事所幸者平生故人重得一見於契闊之餘事故有非偶然者宋公曰然蓋予與宋公不相見者數載而予充則十有餘年矣旣至京師聞番陽操公宛先生在書館卧病旦夕以聞即可歸私又自念番歙接境自弱冠則知先生先生學通諸經百氏述作滿家諸兄之家於番者與先生有連姻相好也每相見輙能言先生動靜而未獲一識今乃得相見於此豈非向所謂非偶然者乎自是日上堂與諸公從事筆硯間退則省先生疾先生疾少間輙俾予連榻卧談論經史晝夜亹亹相扣擊不少休予蓋有愧焉俄而禮部尚書崔公侍郎傅公同至局中以得旨先生且爲別先生乃爲文一篇以告同舍同舍之士莫不惜先生之歸咸賦詩爲先生贈予辱知有自則進言於先生曰先生歸矣士之在

山林與在朝廷異其於述作也亦然纂釋群經折衷百氏處則充棟梁出則汗牛馬雖其說未必盡合於聖人非素業與之相出入者不敢議也崇古學貴文章凌厲漢唐上擬三代使窮鄉晚進謏聞淺見之士目動神聳不敢出聲以誦自揆終身不能爲者又况陶冶性情吟詠風月或以單辭或以偶句爲人所稱皆足以名世雖或無取於作者於人非鬼責亦何有焉此皆山林之士所爲得也若夫　朝廷之士則不然太史公網羅舊聞上接春秋下迄麟趾其序高帝創業文景守成至今使人如親見之書封禪平準傳貨殖皆諫書也而後世以爲謗韓退之未遇時欲作唐一經以垂無窮旣入史館不敢有爲柳子厚苦辭迫之曾不少動僅以執事成順宗實錄數卷卒困於讒口竄走無完篇司馬文正公受知神宗

實錄數卒困於漢口寶安無完稿同思文正公及入翰京館不獲竟志于厚吉時也公之留一下不負以韓書以辭入京後世以為憾今未聞所作書一經以其年依存遂人叙字成集今使人知上韓見大書封韓平生實有正可書業書也文太史公稱此羅書圖上撰者林不朽近平序宦治業文不賞何有為近此林之士所稱傳世也嗟夫朝挾公士明非以不儒何為人亦雜者以取文世著人非道以不眞以為偶說之不能為者文以寫之性情吟詠風化以單辭以為偶篇讀德御說造者敷陳發息之士日事申賦不欺出實以論述自撰作之栖出入者不載議論崇古學貴文章政屬兼富上說言次則大陳梁出則汗牛馬雜其饒未必盡合於聖人非書業適山林與在朝殊異其於述作也亦於寰籌精深許東古人處

高先生賜予序知有自則進言於先生曰先生歸老六十年在乃為文一篇以告同舍同舍之士莫不謂先生之謙為賦詩御尚書僕公侍郎傳公同至翁中以體得言先生且為先生說用讀公論經史書夜寶相擊本以体予盡有補言於德請公乃從事筆硯間後則會先生疾先生少聞雖群子進於精令乃得相見於此豈非同所謂非朋之舊十日長日上當與先往有運圖相好也爭指見郭既能言先生動靜而未後一說知先往往先生學道諸經自氏述作謂家諸子以家於譜書與書諸詞臥病已久以開卸可編於文自今無改覽自己論惟則在執而于右則十有二倫年英閣至京師階陽操公於先生在之論事十非偶者來公因於孟與宋不相見者數由者從出亦無補於事所事者平生故人重信一見於報關

作資治通鑑垂十九年始就而小人出鄙句以訾之此皆鉅人碩德名實孚于上下以著書爲大業者也猶或所遭若是今吾人挾其山林之學以登于　朝廷之上則其茫然自失稟然不敢自放者豈無所懼而然哉尚賴
天子明聖有旨姑即舊志爲書凡筆削悉取　睿斷不以其所不能爲諸生罪　德至渥也於是先生得以病辭歸而支離昏昧如汸者亦得以預聞纂修自詭豈非其幸歟然則汸於先生之行獨不能無所感者良有以也先生曰子姑遲之吾待子於番歙之間不遠矣

陶尚書文集序　　徐一夔

國家之興必有魁人碩士乘維新之運以雄辭鉅筆出而敷張神藻潤飾洪業鏗乎有聲炳乎有光聳世德於漢唐之上

使郡　國聞之知　朝廷之大四夷聞之知中國之尊後世聞之知今日之盛然後見文章之用爲非末技也嗚呼有志於此者疲神於六籍之間焦思於佔畢之下其勞蓋亦甚矣夫其所以爲此者抑豈徒爲華哉亦將效用於國家不使淪於虛器而已而得此者少也若今禮部尚書陶公凱者其得此者歟公姿性過人其才甚高其學甚博其識見甚卓且遠故其爲文多或千言少或百字下筆汩汩不見有艱難意嘗遊吳楚會時方擾攘南士懷寶不售其爲文多激慨中更亂離自度無所於用去居深山之中授經以養其親而其爲文多隱約今
天子削平海內思變馬上之習遣使四出聘起巖穴之士使至台州得公公不敢固讓出應　國家之需時

上方命儒臣纂脩元史

上知其老於文學俾預纂脩之列書成職教大本堂旋擢應奉翰林文字未幾超遷今官凡稽古禮文之事公多論定會翰林虛座　朝廷用之惟恐不盡其才遂命兼領其院事方是時天下大定　朝廷務遵宣恩意稱揚功德推序勳閥以昭明文物凡詔令封冊歌頌碑碣等製多出公手公自念文章之用蓋在此耳措辭陳義各當其體於是公之文沛然為一代之用矣故余以謂文章之工否存乎人而文章之用則係乎所遭也余也蚤嘗有志茲事向以與公有鄉里之好數嘗從於論著之末詎意未老先衰學日益落氣日益耗遂莫能有所成就亦安敢自謂顯諸用也茲見公　京師盡出其所為文見示且徵言以升其端余遂為之論次後之觀斯文者尚知余言之不誣也

郁離子序

郁離子者誠意伯劉公在元季時所著之書也公學足以探三才之奧識足以達萬物之情氣足以奪三軍之帥以是自許卓然立於天地之間不知自視與古之豪傑何如也年二十已登進士第有志於尊主庇民當是時其君不以天下繫念慮官不擇人例以常格處之噤不能有為已而南北繹騷公慨然有澄清之志藩閫方務治兵辟公參贊而公銳欲以功業自見累建大議皆匡時之長策而當國者樂因循而恍苟且抑而不行公遂棄官去屏居青田山中發憤著書此郁離子之所以作也郁離者何離為火文明之象用之其文郁郁然為盛世文明之治故曰郁離子其書總為十卷分為十

八章散爲一百九十五條多或千言少或百字其言詳於正已愼微脩紀遠利尚誠量敵審勢用賢治民本乎仁義道德之懿明乎吉凶禍福之幾審乎古今成敗得失之跡大槩矯元室之弊有激而言也牢籠萬彙洞釋羣疑辯博奇瑰巧於比喻而不失乎正驟而讀之其鋒凜然若太阿出匣若不可玩徐而思之其言確然鑿鑿乎如藥石之必治病斷斷乎如五穀之必療饑而不可無者也豈若管商之功利申韓之刑名儀秦之捭闔孫吳之陰謀其説詭於聖人務以智數相高而不自以爲非者哉見是書者皆以公不大用爲憾詎知天意有在挈而畀之維新之朝乎

皇上龍興卒以宏謨偉略輔翼興運及定功行賞疏土分封遂膺五等之爵與元勳大臣丹書鐵券聯休共美於無窮不其盛哉傳有之曰楚雖有材晉實用之公之謂也初公著書本有望於天下後世詎意身親用之雖然公之事業具于書此元之所以亡也公之書見于事業此

皇明之所以興也嗚呼一人之用舍有關於天下國家之故則是書也豈區區一家言哉一夔蚤嘗受教於公後謁公金陵官寺出是書以見教一夔駭所未見愧未能悉其要領今公已薨其子仲璟懼其散軼以一夔於公有相從之好俾爲之序顧一夔何敢序公之書然得繫名於簡編之末亦爲榮幸因不讓而序之公諱基字伯溫括蒼人若其言行之詳官勛之次則具在國史茲不著

六書本義序

徐一夔

古者六書之法皆掌於官成周保氏之職以六書教國子而

古者六書之法掌於官成周以保氏職以六書教國子而

六書本義序　　徐一夔

賤之次則具在國史誠不著

章因不讓而序其字旬滋詰著入諸其言今之詳宜

之序頑一變何敢序公之書於偏纂於簡編之末亦好為者

公已置其于中舞其散軼以一漢於公有相從之為偶為

後官寺出是書以見散一變所未見施未能公其要領令

則是書位置國一家言故一變沒管要教於人公後謂公金

聖明之所以與此焉乎一入之用合有關於天下國家之故

此元之所以江後世公之書見于事業

本有望於天下後世詳意身觀用之雖然公之事業見于書

其盛散傳有之曰若雖有為言實用之公之謂也初公著書

當元季年之亂避元亂大臣多有書論籍象緣本共美於無窮不

皇上龍興辛以宋讀偉略輔翼運及定功行賞流土分封

意有任聖而卑之維新之朝乎

而不自以為非書哉見是書留以公不大用為嘆詔知天

名儀泰之律閣之隆其言於聖人務以精數相高

王教文以泰纖而不可無者也豈若治之必利中韓之刑

而徐而思之其言推而悉於是乎無其之必治詩斷乎知

紀命而不失乎正孫而讀之其錄章旅者太同比國吾不可

比元室之學有微而言也字龍碧東固釋精博者其既母可於

之識明乎古凶禍福之幾察于古今成敗得失之故顯大樂落

已頑然將紀遠利尚故量敵者用實合民本乎仁義道德

八章散為一百九十五條合成千言以叔而其有言詩於正

書之設以同文爲盛故又有外史掌達書名行人掌諭書名漢術其法太史試學童諷書九千字者得爲史吏民上書字有不正者則糾率之其掌於官可知已夫書非曲藝也大而二帝三王周公孔子之道次而古今成敗得失之迹九流百氏雜家之說又次而官牘家乘錢穀獄訟米鹽碎務之記注莫不有賴於書蓋不容於一日廢者也而爲書之法六曰象形曰指事曰諧聲曰會意曰假借曰轉注其爲法也有子母相生之類形聲清濁之別五方言語之異用之者易流於譌舛自夫官失其守大夫士務趨簡便以指事爲象形者有之以會意爲指事者有之至有以轉注爲假借會意爲轉注其失滋甚於是六書之義不明而義理之精微有失其本眞者矣越人趙君撝謙深以爲病取許叔重而下諸家論著之書攷其得失推子母之相生俾各歸其類正五方之言語律以四聲而以子母相生之例統之爲凡例以提其綱爲圖說以括其要分爲十類著爲十二篇釐爲三百六十部於是六書之義明而六書之用無譌舛之患矣嗟乎大夫士之於六書譬之麻縷絲絮莫不以爲衣也而或不知其出於蒔育稻粱魚肉莫不以爲食也而或不知出於佃牧習而不察此固人情之大較撝謙非有官守如古者外史行人之所掌而能用力於衆人所畧之地何其用心之專也哉撝謙裔出宋宗室志慤而守恬其學邃於經術諸子百氏莫不記覽著爲文辭抑揚反覆能沛然盡其所欲言而不畔於道觀其所著六書論可見已至於六書本義則其尤盡心者也方

國家校正韻譜　徵至　京師稍試其所學擢中京國子監

典簿旋以疾引退遂克畢力於此書書成徵余序之雖然余固習而不察者也安能發其藴以撝謙請之力姑著其用心之專云爾

皇明文衡卷之三十八

皇明文衡卷之三十八

皇明文衡卷之三十九

序

通鑑綱目考證序　朱右

上虞徐昭文考朱子通鑑綱目凡例以證刊本脫誤及補朱子之未備凡若干卷名曰考證有以淑後之人其功不細矣予乃為之序曰大道之世典禮命討皆原於天禮樂征伐自天子出書不作可也大道既隱禮樂征伐出自陪臣刑爵不洛于衆吾夫子蓋不得已而托二百四十二年典禮命討之權此春秋之所由作也自時明王不興治教靡著姦臣女后擅政滋甚司馬氏述左氏為編年而發原於韓趙魏亦以王綱所繫典禮所存而天下之大經大法在焉子朱子又祖春秋以修綱目其歲年之久近國統之離合政刑之得失人材之賢否大書以提其要分註以備其辭誠有得於筆削遺意後世之鑒誡昭矣近代尹起莘發明既相依附汪克寬考異又多未精比以朱子凡例參會今本未免致疑茲讀徐君考證則渙然冰釋矣其大者如莽之弑帝必加進毒操懿進爵必加自為劉裕朱晃稱帝必著其姓君臣之義凜不可犯漢昭烈章武三年分註建興晉武太康十一年分註永熙父子之倫有叙不紊如漢景尊太后則加薄氏帝禪立張后則加貴人于以別嫡庶貴賤之分竇憲曰舅梁冀曰后兄楊堅曰后父楊釗曰貴妃兄于以懲外戚僭竊之禍高力士李輔國程元振輩皆書宦者于以防寺人干政之患拓拔祿官南詔酋龍之卒皆以死書于以戒四夷亂華之漸李從珂必書養子又以著異姓絕嗣之危他如高后廢少帝則改曰主霍光

輔少主則改曰帝至若臨視如舉攻討誅弒莫不注意而備書之一字褒貶善惡靡逃然後朱子立言之旨無毫髮爽其君臣賢否之實治忽盛衰之機已瞭然于心目間學者自是無缺畧抵牾之患徐君之用心可謂公且勤矣使朱子復生必將有起予之嘆是書之行詎不有闗於世教也哉其徒將鋟梓以傳遂書于首簡

性理本原序

道之大原出於天而天亦氣化中一物爾然其所以為造化必有尸之者理而已矣故曰天生蒸民有物有則又曰體物而不可遺則理者又天地萬物之本原也是故君子即物以察理未嘗有無理之物即理以觀物未嘗有物外之理子程子曰冲漠無朕萬象森羅已具殆難以迹求之也自夫河洛

出圖神聖闡閟所以立萬世人極者固已昭然于簡策矣孔孟既沒道學不傳世之言治皆苟而已幸天未喪斯文濂洛間出無極有圖東西有銘與夫定性好學之論百世不惑揭日月於中天昭矇瞶於既昧真來學之指南後世之衡鑑也右生也晚於道靡聞父師有訓敢不祗承熟讀詳味恍乎有覺安敢自私故錄其尤要而切近者輯而為編名曰性理本原且以河圖洛書揭之首本諸天以示乎人次敘太極圖說定性書好學論西東二銘擴諸人以復乎天蓋異世而同符者性理之本原至矣復以通書一卷感興詩一卷附于後若正蒙諸書或有未純茲不復輯學者苟能於是書讀之習而講之精知之明而行之力氣化之流行人心之妙用有不待他求而能知天人之蘊與聖學之淵源亦可指顧而得豈不

范東西銘於天人之蘊與聖學之淵源亦可謂闡而盡不
讀之精於心明於行久之未化之術行入心久之用有功後
正蒙諸書之言有未純故不復輯學者苟能於是書潛心而
者惟理學之本原至矣復以通書一卷附于後者
定性書好學論西東三銘擷諸人以便乎夫蓋其出而同說
原且以河圖洛書揭之於古本議天以示乎人文故太極圖說
覺安敢自私攷當其尤之妄而有則於者輯而為編曰性理本
者生也說於道醇闢文師有則獻不承執會評味流乎有
日月出於中天昭融賾有時真來學之指南後世之衡鑑也
間出無極有圖東西有銘與夫定性好學之論而世不息揭
孟既沒道學不傳世之言若訓詁而已幸天未喪斯文濂洛
出圖神聖闡所以之萬世人極者同已昭於簡策矣孔

子曰沖漠無朕萬象森羅已具始輯以迄來之也自未河洛
察理未嘗有無理之物即理以體物本書有物外之理于程以
而不可遺則理者又天地萬物之本原也是故君子即物以
必有己之者理而已矣故曰天生蒸民有物有則又曰體物
道之大原出於天而天亦氣化中一為萬然其所以為造化

性理本原序

讀韓以傳後書于前簡

必將有施于今之業是書又行誰不有關於世教也故其錢詩
無缺實學者指之憲余書之用以可謂公且觀夫後未于心以主
吾臣賢人古之責治心盛衰之幾已備於于心日用學者宜是
書之一字乘眼善惡離此於後未于立言之旨無曾變發其
補小生則以仁帝王之治見如韓文十誌真不出意而輔

爲得其要乎至於盡心知性以知天存心養性以事天殀壽不貳脩身以俟生順死安無復遺憾於出治乎何有學者其毋忽焉

九靈山房集序　桂彥良

士未嘗欲以文名世也以文名世者士之不幸也有可用之材當可爲之時大之推德澤於天下小之亦足以惠一邑施一州盡其心力於職業之中固不暇爲文然其名亦不待文而後傳也至於畸窮不偶畧無所見於世頗自意世之人既不我知則奮其志慮於文字之間上以私託於古之賢人下以待來世之君子烏乎是豈其得已哉此余於浦陽戴先生而有感者也先生與時在承平之世從鄉郡大儒待制柳公貢侍講黃公溍遊俊偉秀發軒然時輩中已有文名然志在

用世未暇切切於此也及事與志乖所如多不合知其無所就功名遂抑情遁迹盤桓乎山巔海澨訪羽人釋子而與之居盡肆力於文凡觸心柢目天地日月寒暑山川草木奇異之觀羈人猾士之遺跡隱行皆紀而載之因以寓其無聊不暢之思發其瑰傑磊落之氣清深雅潔往往無愧於古之能言者雖其用意精絕而先生之窮不幸亦至矣然世之得所願欲食祿據位者何限求其勳業則未知有聞問其同時之人已不識其姓名者有矣彼雖幸必非不幸而先生之窮庸知非幸哉先生之子禮輯錄成帙辱以相示余非能知先生者然亦有志於斯事故附私說于後使觀先生之文幸者可以自省而不幸者足以有發也

周易旁註前圖序　朱升

愚自中年以經書授徒教子每於本文之旁著字以明其意
義其有不相連屬者則益之於兩字之間苟又有不明不盡
者則又益之於本行之外學者讀本文而覽旁註不見其意
義之不足也惟易旁註則有前圖者易之爲易其本也圖象
而已文王周公孔子之書實爲圖象作註脚故明此經者不
得不求其本也河出圖洛出書天不愛道泄諸象數一可已
二何居作河圖洛書合一圖第一聖人之則之也八卦成列
而又因而重之其傳於今也各有横圖圓圖而六十四卦圓
圖中又有方圖則亦悉矣帝出乎震成乎艮其方位之象又
何爲哉作先天後天合一圖第二先天後天其始其終既各
有序矣連山歸藏首艮首坤今不能知而周易首乾坤終既
未濟經分上下其間卦序乃復如彼作周易卦序圖第三卦

變也卦主也互體也卦數也卦位也納甲也之六者時雜見
於經傳必各著其全使人可通攷焉可也作六圖第四淳安
夏氏有讀易十字樞愚平日竊窺於易得三大義二者經傳
訓釋之機要也則以附六圖之後聖人處憂患之道自履至
巽其傳古其指深卦之名義殆未足以盡之也作三陳九卦
圖第五揲蓍以求卦因變而用爻比義從長宜勿拘一說作
蓍卦變占圖說第六夫子言蓍卦之德曰圓曰方固非其直
曰七奇八偶而已作蓍七卦八圖第七邵子天根月窟之吟
非爲今易安註脚也豫章蕭氏周易卦序之學區別於三畫
六畫之原而象意昭融玩味乎正變始終之故而教道明著
前繫爲圖今録其全文于後而係以邵子之詩履運處身同
一揆也作三十六宮圖說第八八圖爲之前而後周易旁註

可得而讀矣

葉宗茂哀詩序

朱升

新安葉宗茂有清才年僅四十有四卒于金陵邸見聞者哀其遭時之不偶也爲之賦詩而里之老友朱升爲之序序曰宗茂葉濂翁之子也生二歲移家于婺自其幼以敏給聞稍長治進士業從余復卿先生學戴氏記歲丁亥歸就鄉籍試有司明年予歸自燕山取道至婺訪之後五年淮兵起宗茂避地歸鄉兵旋至蹂郡邑宗茂從鄉兵奮禦稱能後四年江南開省或薦之起家知婺源州時州境未定非美官也既而鎮戍官適前從統鄉兵者於是上下相安得行撫字之政再考乃代代者不善於民宗茂美聲益遠播矣使說蜀說所長也既而不遣使督造戰船事集使守饒饒境接婺源民歡其

至戍將與之不協不久罷去謫濡須二年讀書治藝不戚戚或又擿其所督造船不善重得譴去年使城築所賦尋仞十倍其家産不給也子仁效緹縈上書得免今年夏以病終嗚呼宗茂而止於斯邪宗茂風神秀澈言笑媚好讀書史不數過成誦爲人比方解說無不喻者隆師親友好賓客急人貧難有國士風作詩有思致有所論述滔滔不厭倦一時欲有爲於世者往往以器畧待之然而天性率直不能曲爲謙退推讓以苟悦人視己之善如人之善視人不善如己不善非古心古道之士不能不相齟齬宗茂之得譽毀以此楊子雲曰世亂則賢聖馳騖而不足世治則庸夫高枕而有餘亂世之民困於供億任則困於責仕不能集事者得罪而禍亟集事則事愈歸之甲兵錢穀撫綏應對豈一人身所備一不善

卒不得免焉使宗茂之涉世也得三四十年不亂卒其經術名進士也展其事業良有司也又加之以年壽歛華而實為賢公卿鄉先生以善後來使衰老者得所倚賴豈不甚善而乃止於此豈特其一身一家之氣運邪始宗茂從余遊與嫠源俞仲謙偕二人通家兄弟出處必相從仲謙能以義相正若不相能也宗茂既卒平生所與善相附者衆而能存知其孤永其身後名者仲謙一人余故雖以宗茂能得友古心古道未始絶無人自慰而重念人閒世之可悲也嗚呼宗茂則已矣吾與仲謙之悲何時而已邪

贈徐大章序　　梁寅

余昔以戊子歲之秋至金陵迨庚寅歲之夏將歸江右以為錢唐江左之名郡也於是行而不一遊焉則將無時而至也

乃命兒子岷買舟載書籍繇京口而往留錢唐踰一月於賢士大夫固多見之矣而天台徐君大章家于是郡為侯泮助教者其蘊蓄聆其論議而又相與之勸相顧之厚心尤慕焉西還之後不二年而兵興竄身巖石之下屛跡田野之閒每思金陵及錢唐恍然如夢寐之所歷心雖係焉而跡不可以復至矣

今上龍興金陵為鉅麗之都視前時益盛吳元年丁未歲以詔徵至都四方之士翕若雲集而大章亦以嘗為郡文學見徵於是得復與之會相持問勞以喜以歎思曩時之周旋誠猶夢寐不期復見於此也是時　上方文武並用丕武隆古肇寘三局一曰律局以定律令凡舊官之陳於憲章者居之二曰禮局以究禮儀凡宿儒之通於古制者居之三曰誥局

以撰誥命凢俊才之優於文辭者居之余備員禮局而大章撰誥文同居官寺者半歲或談辯於蚤莫或賞詠乎風月大章之學之文固進於往昔而余之益老且衰則日退而已嗟乎昔之見也不期再見於今日而今之見也又可期之於後邪其睽之久也其地之遠也而乃無一言以爲别於人情何如也而余之贈以是言則所期於大章者固不啻如今而已也

送余縣丞序

梁寅

五方之民俗有不同繇山川爲之限隔而風氣殊焉長民者因其習俗爲之政教率其不同以歸于同斯爲善治矣今天子肇興鴻業威明竝用疆境日闢齊魯之地悉歸輿圖而州縣之長貳方慎於遴擇既擇之當則進之殿庭而訓飭之若曰北俗之淳質異南土涖以純誠斯治之宜馭以譎詐匪道之正當是之時余君宗暘以賢良選爲丞於鄱陽之長川吾知其無負於訓飭也君三衢世家其讀聖賢之書思勵其躬而措之政固蘊之也久矣以其淳質之性臨淳質之民其奚至於齟齬哉嘗聞乎北俗其一家之幼少必聽命乎父至嚴也至敬也凢齒德之尊於一鄉鄉之民必率以聽其教斯爲鄉之父縣之令丞治一縣縣之民必率以聽其教斯爲縣之父州之守佐治一州州之民必率以聽其教斯爲州之父而南之俗或愧焉其爲一家之子者或乃不知敬其父矣爲鄉縣州之民而能教其鄉縣州之父亦幾何人哉大率豪陵其善貪譏其廉文嗤其質巧侮其拙僞欺其誠忮疾其仁若是者固自謂之賢也而莫以爲恥也之長川能因其美俗

以成其善治使北州之民咸曰維南有君子斯誠稱於任使矣太平之基惟賢是資君必勖之

贈安慶知府譚敬先序

汪仲魯

臣子趨君父之命不計利害惟忠義之爲尚非達於理者不能然譚君敬先知安慶之明年夏六月寇至鎮卒不戰以潰寇退君倡僚幕之官撫殘傷遺民固守三越月或曰郡府無兵甲寇出没難測未若還請命于省府君不聽九月幾望右丞徐公達領兵城安慶於是民得安全而官有寵錫之榮又明年八月我

吳國公躬率舟師解洪都之圍三戰皆捷大敗陳氏之兵其將校悉以殺溺擒降僞主友諒中流矢死降其卒數十萬盡得其樓船

公憫江夏之民屢年困迫于陳氏戰鬬供億不少蘇不忍輙以兵加之謀得其人將命以招諭之而譚君往焉或曰友諒死未知其信否不可以輕往或又曰友諒果死其嗣子必繼立亦不可往君曰

上命也其可辭避乎於是奉命趨江夏宣明

吳國威德懷柔寛惠之恩言論慷慨氣不餒竭人爲之感動厚其禮遇乃以其官使來復命若是二者豈非不計利害惟忠義之爲尚者乎苟不達於理而惟人言之去就鮮有不較乎利害者也以趨利避害爲心而能忠於事君者未之有也故曰非達於理者不能然君既復命還安慶九華知府劉君喜而寄頌以詩九江宋伯折又率郡之能詩者咸歌詠之新安汪仲魯乃以事之關于大節者二并書以爲叙

宋汪仲魯乃以章之薦于大節者合二詳書以為令文
書而義貴以詩為先未伯斯文率聖人之言請治歌詠之前
故曰非達於理也不能治於國家也事之深淵者
于利害者也以後利害之所從之事若是其未之有也
患其不能尚者矣而不通於理而雖言之去辨者有不敢
察其豊遇乃以宣寫未復命有是三者違不許利害惟
其國誠明事寓言論議不欲大乃敢功
上命也其可辭乎大夫奉命
立亦不可從君曰
況未知其信否不可以韓往文又曰文詩果在其篇于公
以兵加之辭情其人將命以揭喻之而謂若為言以文詩
公嘗為夏大夫贈本國近于陳內學論傳不信不以必取

稍其筆端
將於者文以詩篇讓國而往文章中流夫以降其卒以萬書
吳國公而率布詩曲吳邦文國三鄉之教以陳氏之兵其
明年八月故
丞今以詩讓太安敵不民舉若全而官有書鑒之學文
其甲承出沒鎮[illegible]
誠譴言時篇寡不宜不言
誰讓君文
曰于鑑君文
贈汪仲魯序　汪仲魯
吳太守
以成其書

送彭萬里之江夏序

王師西平江漢伐罪弔民義明勢張人心翕合是故一戰而殺其大將焚其巨艦再戰而俘其衆不可以數計三戰而殲其渠魁降其將卒數萬盡得其樓船古今大快靡逾於此夫殺主自立逆亂天常者人得而誅之 國家申明春秋大義於天下江漢之民望風順服知者獻謀勇者効力抱才藝懷道德山林幽遠之士率皆振奮而願有為於時也况其勇健有謀直言好善如吾彭萬里者哉萬里以萬戶侯從鎮同安戰守稱懷慶建勳績向之三戰皆預焉茲再往江夏且視子疾以別子觀國家盛事絕古今多士雲集而子則病廢甚不能振振有為獨壯萬里之行也執其手而語之曰

王師方拯民於水火之中保之若赤子俘獲者盡釋不殺仁聲達遠邇眞所謂保民而王者哉夫義之著所以勝敵也仁之孚所以安民也敵勝而民安以定天下不難也大丈夫樹勳名於不朽殆不違斯言也夫

王生歸儒序

葉致中

能言距楊墨者孟子謂之聖人之徒天徒距之而輒與之若是其重則逃乎彼而來歸者得無與其賢哉吾友王生故搢紳名家幼失所怙其族人舍之逍遥觀為道士既而來學於余聰悟警敏若聖賢之書諸子史傳既習聞之乃慨然曰家素以儒科顯不幸而中微而不肖者幸生以粗有識知乃棄去從老氏恐非先人遺意也乃解其冠裳謝其師歸讀書于其家別業於是吾黨儒者無論疏遠咸嘉尚之至有禮延之俾淑其子弟者嗚呼昔太史公著六家序說曰儒者博而寡

要務而無功又曰道家者流因陰陽之大順采儒墨之善撮名法之要絀聰明去健羡兼五家之長爲足以爲理夫大史公之論若是王生爲其徒矣習聞其學矣乃能尚吾儒之教舊爾來歸爲儒門弟子師則是夫能言距揚墨者其輕重爲何如識者必有以辨之乃有請余言以美其志者予曰儒者之道何道也儒者即天地以爲道也天尊而地卑君臣之位也天生而地成父子之繼也一陰而一陽夫婦之配也日月星宿四時寒暑其比並其先後小大朋友長幼之則也觀乎流行之有序發生之有和禮與樂可行矣察乎天之經地之緯明乎陽之舒陰之慘政與刑可作也聖人者出仰觀俯察立爲經制莫非以天地之道以爲道人之爲人者生於斯長於斯而待盡於斯固不能外天地以爲人惡能外天地之道以爲道哉能外天地之道以爲道又惡能絕君臣父子舍禮樂刑政以爲道哉知乎此則太史氏之說然乎否乎雖然彼瞶然者無所知無足與適也知而不之信信而不擇其所從知猶不知爾若生者可謂能賢也哉生雖貧志不屈身不汙爲吾道自樹立遂吾人倫長吾恩愛朋徒來從窮則相切以自善達則大行以兼善不其偉乎於是有以吾言爲足以輔吾教且有以達其志遂請書以爲序

贈蔡山人序

宋玄僖

自知其命者而後可以言人之命命豈易言哉富貴貧賤命也壽夭禍福命也命懸乎天天之所爲深遠莫測而人欲言其將然無有不驗難矣哉是故非自知其命者不可以言人之命也蓋知命爲君子君子之心不蔽於物而理無不燭理

既燭矣於富貴貧賤壽夭禍福一聽乎天之所爲而無不樂焉既以樂乎已又以語乎人曰富貴命也知命者不溢不危斯可以長守富貴也貧賤命也知命者不諂不濫斯可以久處貧賤也壽夭禍福命也知命者不偷活不傷生則壽惟其壽而夭非其夭也不足欲不蹈險則福惟其福而禍非其禍也斯言也人苟聽之於世教不有助乎夫以匹夫之言而有助於世教非君子其孰能之術數之學云乎哉上虞蔡某山人蚤嘗習進士業試不利即委分田野而無競於時非自知其命者歟中年難於生事乃以五行書推人生年月日所直日辰而有以勸之於其富貴者勸其不溢不危於其貧賤者勸其不諂不濫於其壽夭禍福勸之以不偷活不傷生不足欲不蹈險爲人言命而所勸若是非以君子之道處己處人者歟不然何其不專尚乎術數之學也余久處貧賤者也今年春遇山人田野間聞其言知其有志乎君子之道而心竊喜焉因其徵余言故有以贈之

半軒集序

申屠澂

忠義者生人之大閑也忠者必義義者必忠全其義者未有不全其忠者也有若故半軒先生鄭仲潛父其全忠義者乎先生浦陽義門之碩德與義俱生者也吳貞文公宋太史公則先生之師也元太師道濟公則先生之知己也留闇下者甚久言天下事計無不聽當時被其澤者多矣道濟公以謫罷相先生遂以永嘉幕官航海南歸在官半載拂衣還家暨運啓休明海內仕隱之名流莫不起而彈冠翱翔雲路先生年正強方且閉關纂修贊理家政作爲文章深韜諸櫝容

斥正統之邪開來學之道理以及於文章采摭諸論議皆得
遯齊林所以游於仕隱之名而莫大焉而彈正劉許書諸夫大士
謂相先生遊以未嘗謙官無遇明哲語于棟精文當書要旨
其父言天下事叶無不娛官田詩被其畢者以來道儀公以詩
則先生之所述言太所游濟公則先生之知己也詢下首
生生唐陽義門公倚儀且義但生者盡果貞文公宗大史公
不全其忠者也有若許半軒先生頗中懸文其全忠義者乎
忠義者生人之大閑也忠者必義義者必忠全其忠義者不爲

半軒集序

申衡撰

嘗聞因其微介言故有以顯之
年春過山人田讀間覽其言知其有志乎君子之道而仁
者哉不然何其不事尚以斂以學也不以義道殺者也今

欲不陷險於人言命在所懼若是非以自守道處應人
勸其不能不繼於其書大鳴盛亦以不偏者不偏主下足
自奉而有以勸之於其富貴者勸其一而不絕其貧賤者
其命者微中年樂於生事以行言無入主年已迫直
入舍管稽進士業謂不知自委分田野而樂讀其書於自若
則所於此教半者誰與能也入其致之章
也將以言也入尚聽之於其故者也以至於不信其
言者大非其夫也不以欲以不陷於險者不能其福而福其
庶會貧賤中富大福也知命其命者
恐古以長于富貴也賤命也
而已入樂于已又語于人口富貴命也
然謝其不富貴貧賤富大福一幾于夫之所為志

之墓義者韜韞雖舊文或辭所疾不見而況其文乎如是者幾四十載可謂難矣晦其明於天日昭露之下保其貞於風霜凋落之餘養其素於岸谷高深之際跡之匿也如完璧非遁乎山林也身之隱也如藏珠非逃乎江海也惟其積諸內者純乎義故其施諸外者純乎忠也非智周於物者能之乎嗚呼先生澂之世契也比年以來數承下風論及勝國之事蓋有不勝其感慨者焉其忠義之見乎辭色者猶若是其耿耿也古人云文才之高學博而識卓者謂之三長先生蓋兼而有之至於擴先儒之所未發究先濡之所未明皆可以見諸行事而非空言有不待贊美者讀者當自得之若夫履歷之初終已備於今王太史所述墓銘茲不著者其忠義之大身名之全以白于天下使人人知先生之明哲如此後之人嗣

先生之忠焉嗣先生之義焉是大有關於名教也昔宋之亡閩南有義烈之君子曰謝皋羽嘗恭文丞相文山公之軍事文山公死于燕而宋社屋自放於山澤間作爲歌詩終不肯出仕人到于今稱之先生之志節可謂同矣而夷然樂道以全其天不有皋羽徬徨悲歌之隘則又有過之者先生之名與之並傳可無憾於世矣

上虞孝女朱娥詩序　　唐肅

予昔過曹娥廟者論云娥未事人而死漢稱孝女禮也今廟祀乃以夫人謚夫有君子而後爲夫人生而女死而夫人可乎娥之孝不以女薄不以夫人厚也及至吳見海濱有廟祀天妃其夫人者云本閩中處女死爲海神則又歎曰妃配也天之主宰曰帝天妃者豈帝之配耶處女死爲神稱夫人謬

天之主宰曰帝天地者言其帝之所以為宅其中漢夫人謂
天地之大人者以陽中陰之所以為天神則又故曰地所配也
平與文章不以文章乃以大人原也又在其實非淺者其有通可以
祁乃以大人論者有言之所以者大人生而在此而夫人可以
千古過書敘焉者論之於未事人而是淵擇於文體也今僅

上虞李文來敘詩序　　謝鐸

源文之立傳古無慮於世矣
全其天下有本領者唯韓歐之徒則又有過之者先生之名
生仕入至于今輔之先生之士必所可謂同矣而夷然樂道以
文山公死于燕而宋社屋自敘於山澤間有歸詩讀不言
闢南有義與之君子曰謝皐羽者又能與文山公之事
先生之中論其主之義而表大有關於名教世者未之亡

名之全以白于天下使人人知先生之明智如此後之人論
知者已備於今日大史所以表諸狂不善者其如此者大良
行事而非空言有不朽實美者諸君肯留得之者大處歷之
有之至於備者麻之所未嘗者嘗之所未暇而以見諸
也古人云文不以高而論之言淡之者主于兼而
有不朽其成就者其中義之見乎歸而後見其與以取
可先生獻之其事其實也比其八來敘其下風俗文獻國之事蓋
統乎義故其淵源有在也其事可以得乎文獻者能文之以
千山林自身之通出而古者其中作詩十二五三唐其詩語以者
獨於之餘其於其今高宋之學問之所以道其上者也在非道
四十年之唐所誦讀之興其間於天曰路之下所謂前不適
亦為韓詩之學奉之文淵於本不見而況其文平知是亦能

矣而又謂之天妃可乎歷代祀典掌之宗伯議之朝廷凡非禮若此者孰能革而正之哉今年來上虞邑人魏士達謂予曰吾邑有朱娥者在宋治平三年以十歲女子死於大舟之難當時里人爲立祠邑南記之者郡從事虞太寧也政和三年邑令席彥穆主簿孫行尉向泳重修之記之者新定江公亮也今祠宇碑碣燬於兵火久矣里長老猶能言其故處往往悲悼歎惋以不得復舊爲恨宋熙寧間會稽邑令董偕嘗以娥配享曹娥廟蓋二娥俱吴邑人曹娥廟在江之西地屬會稽朱娥廟既廢不得專祠而僅享他邑他廟之祔食雖娥之神無間於此疆爾界娥之孝不以專祠爲重祔食爲輕而吾長老子弟所以悲悼慕嚮者則以爲非專祠於吾境不可也且舊廟寔作於民官於此者未嘗請封請額於上得若曹

娥者尤邑人之憾也故吾黨之士咸追詠其事而求予序之將持以爲有司告庶幾有所感動得轉聞之上而遂其請焉嗚呼盛哉邑人之心也夫孝風俗之本苟以孝名者千載猶一日也朱娥之死二三百年人猶思而悲之不忍廢其祭而懇懇以爲急務蓋娥純孝有以感人心於二三百年之後而其人亦可謂之知夫敦勸風俗之本者有司聞之寧不奮然而興義舉乎不然則亦無興於向之官此者矣娥之未得封諡雖若可憾然向使得之而加以非禮之稱若曹娥天妃者猶不得也今　國制一新居宗伯者必有知禮之君子於興代之失庶幾革而正之寧肯踵其失乎敢因序是詩而及之以識吾昔者之感且有俟於今之在上者云

皇明文衡卷之三十九

序

心學圖說後序

蘇伯衡

金華坦谿之上有隱君子曰鄭君彥淵宋川陝眞制忠愍公之六世孫也始余得其麓書註釋讀之固意彥淵儒者乃今讀其心學圖說信彥淵之爲儒者無疑矣夫堯舜禹之相授受也曰人心惟危道心惟微惟精惟一允執厥中萬世正學於是乎出焉商周繼之其間聖賢焉不學而亦焉有外此以學者哉逮乎周衰聖人不作異端竝起其所以爲學者大抵非帝王之學漢興羣儒掇拾遺經於秦火之餘往往溺於訓詁而不知反求諸心則既失矣後千數百年濂洛諸大儒出當宋世相與倡明聖學而論著焉子貢之徒所不得聞於仲

尼者昭然若揭日月天下學士始知不知道不可以言學不明心不足以爲學夫何積習既久雖有豪傑之材亦皆篤惟先儒之成言是誦莫肯以精力自致而今爲甚譬如侏儒之觀場人抃掌亦抵掌人揶揄亦揶揄其目且猶無見也其心況有得乎則其失愈遠矣夫千古帝王之學固因濂洛諸大儒而復明至於天地事物之倫理性命道德之精微諸大儒又豈敢自謂其言盡矣備矣後之學者無所容心無所容喙也乎哉此彥淵之書所以作也彥淵優游事外於凡聖經賢傳旁及釋老之書靡所不覽而未嘗阿以爲同冥思而默體深造而自得得其說直欲逾濂洛涉洙泗窺先天之秘推其用心可謂勞矣非儒者而能與於斯乎惜夫是書出於三百年之下而諸大儒莫之知而莫之取也尚令彥淵與諸大儒

年又十而諸大儒莫不叩而宗之也尚今觀諸儒議論諸大儒
用心可謂勞矣非儒者而能與於斯乎抑大學書由於三言
深造而自得其說直欲追濂洛未四篇矣大之機其
讀之究究釋書之言之書誠不覺而未曾以不同於此心聖賢
也乎哉此歸諸書以從之說其書外無所容
又義哉此言論其言書矣禪者學者所容心典諸大儒
儒而以從明之於大道事物之理性命道德之精微諸大
況有得乎與其大全意旨矣夫古帝王之學固濂洛諸大
儒為之學入其華亦精於其旨且其日用而見也其心
先儒之說言遇旁言以為自敬而今為其學知其學者
明心不足以為學大同而智於學人雖有愛與之材亦日進
元者昭然若揭日月天下學士皆知不知道不可以言學者

當宋世程朱與昌明正學而論著所不足闡於中
諸而不知反求諸心則所謂大旨學數百年濂洛諸大儒出
非帝王之學無與聖賢微於遺經於秦火之所以注疏治則
學者其無往而得乎周禮聖人不作異端並起其所以為學者大抵
於是乎出焉程朱周繼之間聖賢而不亦有外此以
要也曰人心惟危道心惟微惟精惟一允執厥中萬世正學
讀其心學圖說信不誣矣又有諸儒之說並與大學相發
之六曲諸節為合得其義書註釋讀之國當者始此以今
全華世路之上而得一日與君宋三氏讀書由此以

心學圖說序　謝復

序

皇明文衡卷之四十

竝時而生從而就正焉其有不傳信乎而顧使余得而讀之豈知言哉唐許胤宗國醫也而不欲著書以為脉之候幽而難明吾意所解口不能宣得吾之所言而不得吾所不言乎於是有不能明而且妄投藥矣於戲醫家之說萬一失之其禍止于傷人吾儒家之說萬一失之其禍遂至于亂世然則儒者著書視醫者著書豈不愈難乎故余平生為學不敢著信成言亦不敢輕出臆說觀彥淵之超詣獨得多所發揮寧無慨然者乎圖與說所不能盡者彥淵尚終有以教我哉

送歐陽公輔序

故大司徒楚國歐陽文公起自休致拜翰長之明年伯衡舉進士至燕因得拜公于崇政里第退復得與公之孫公輔遊公輔生長伯衡一年聰敏未之或先朝夕綜理家政裁答書疏賓禮門客間則讀書為文不暇頃刻自逸伯衡見之未嘗不羨且愧也別公輔南歸未幾而兵興出處之不知且十有六年

國家底定燕冀公輔來南復相見乃知公輔積官至中書左司都事而於當世之故益熟矣嘗與之論元社之所以屋雖天命而致之豈不由人乎哉天曆元統以來海內無事士大夫安富貴而養功名職于郡縣者以將迎為要以依違為賢以漁獵為務而司憲度者亦皆保其祿竝顧其妻子頻欲樹私恩為自完之計其低佪遜縮茍且歲月不以是是非非為意者則號識大體而尤見重上下相蒙政以賄成馴至至正間變起意外而遂莫之支焉然則其亡也天邪人邪必有以辯之矣於戲公輔真知言哉今年春公輔乘史家事自北平

山東遠而陝西按察僉事之命下且行欲得一言為贈伯衡竊謂君子之為國也猶醫師之治病也今夫貌之瘠肥氣之虛實病之深淺凡為醫者舉知之而不能療療之而不能已則由其不知病之所在與夫治失其方藥之不得其良也有醫師焉切脉而灼知其病治之有方投之良藥固不待煎洗割解而愈矣嘗謂為國而異是乎

聖天子起民間混一四海慨然思革前代之弊於是簡拔人材分布郡邑而寘諸風憲則其尤者也而吾公輔與焉公輔侍文公自髫歲所接識皆朝之耆老成人所聞皆康時之略所學乃聖賢之道而又養之以歲月習之以世故迹其言論譬諸醫師蓋不惟蓄良方善藥抑亦知病之所在矣雖以之為國無難也而況一道乎書曰商俗靡靡利口惟賢餘風未殄君其戒哉夫君陳尹東郊時殷之為周久矣而其言且如此矧今秦雍內附未久也則向之吏習庸詎知不有存焉者乎申明 德意作新之伯衡於公輔有望焉

送晉王相汪君序

聖天子統一函夏圖惟治道念夫為國之藩屏在乎衆建親王爰以夏四月乙丑九子一孫同日封為王授之冊寶錫之車服胙之土田復簡 朝之重臣為之保傅親御便殿面諭而臨遣之俾之先往繕城郭樹府寺備儀衛董官聯施政教以待諸王出閣而龍舒汪君實拜 晉王相昔三王之於世子莫不旁求碩士為之師為之傅為之保而道以德義輔以政事保其身體漢氏以來因之凡諸侯王列寘傅相其位秩差後

非其道，豈濟大以來，因之乃隋唐王以資事，用其法行，未之能殺
不良。宋興，士大夫之有志於醫者，而直以施恩義，轉以致事
諸王出閩，而猶能注意寶書。晉王叔和三十之人，於是古之莫
重者，雖微辭之紊，以待
朝廷，頗設醫官，而詔諭以軍人之失，從諸族卒而校府于崇文院
之舊，則用醫者主田良編。　朝以重臣總之，所傳
讀王叔和以前賢之日，凡九十一條，同日校定，王叔和之所著脈經
聖天下統一，更定圖書，治道合天，而國之[illegible]，寄牛來年

故晉王叔和序

若乎中間，儀意作新之旨，冀不公輔有望焉
如此，則今奉詔以未又也，則何以之史，齊書始不白在前
未今尋其無古大名陳其東，亦非照本之為同文矣，而其言直

亦於國無籍也，而凡一意乎之書，則闕合度，罪林日撫定領
鑑書者盡醫而蓋不雜乎于古及方書，其而，治之所在未雜以
所學方略，寶之道，而又養之以度而醫之，以世故，其上大論
傳文公自發始而採論皆有天之本，故人所聞皆具待之略
材之本書，一書而真識，風，則其言之，而言之輔與信，以遂
聖天下政民閒且一四年，理不固，革前代文字，古之學，言而存之
言輔之命合曾語，雖國合用之，數年
醫者詩之始於文而論，諸之其疾治以行之，後之良醫，國不行，惟其法
則由其不知而天所在，乎天下古未其方藥之又不得其良也由有
處當病之深，凡其醫者，於口說，人之而不論，濟之惟，而不相已
醫書者十之五，國之方，而言之人，大而之學，世人大論之，醫而序之
山東之市，政西方，承合章之命十具所有，[illegible]

三師而禮貌之隆責任之重則鈞一焉矧今　晉王所賜復表東山河乃堯之故都叔虞之舊封韓趙魏之全壤地大且要保　王躬而制外閫不有重臣則何以哉汪君負倜儻傑出之資夙承訓於家庭又嘗師武威余公其與學雄文宏材遠畧卓乎非流輩所可及

上之渡江也首被知遇出入左右歘歷中外惟其所用而聲實以著譬則萬石之鍾大叩之大鳴焉小叩之小鳴焉今繇二千石擢拜是官

眷注尤非昔比矣漢光武以張佚不難於正朕故用佚為子傅唐太宗謂李績不遺於李密故托績以孤幼帝者為子擇相類如此汪君之使河南也被留久之而卒完節來歸其在中臺也數犯

天威陛陳讜論可屬　晉王豈復有過於君者哉則君所輔導視佚與績之所輔導者雖有本支之異而

上之所以用君者與光武太宗之取佚與績蓋千載同符也已鞠躬盡瘁啓沃彌綸以光孝友之行以拓維城之功以追河間東平之賢使　晉邸綽為令　王保有社稷與

國同休永永無疆上無負

聖天子建　親王之至計擇保傅之盛心固大夫士之所望而亦君之所優為者哉君且行朝士之能詩者式歌以餞而屬余叙之於是乎述

葯房居士集序　祝廷心

傳曰見其禮而知其政聞其樂而知其德後世之禮樂不足徵矣因其文章而考其所遇蓋亦可以觀當世之變也乎士

[illegible]

[illegible]

之生也以萬事所集之身而行乎是非得喪禍福之途自非離世絕俗不接乎事與居乎至盛有道之世焉能使憂勞悲憤不介於其中有以觸乎中矣焉能使怨懟咨歎不形乎其言夫以三代之際道術政教莫此爲盛也賢士君子莫此爲多也然考乎風雅之所錄和平愉樂之音不能勝乎憂感頌美稱譽之辭不能當乎疾刺而况數千載之下時殊而事遠者乎漢唐與宋傳國各三四百年而其全盛無虞居其三之一士之幸而遇其盛者蓋甚衆至觀其論述猶或有艱窮無聊畏罪罹謗之歎蓋世治矣而家或不寧身遂矣而或不獲行其志參差而不齊者固其理也歟則何怪夫言語文章之難乎出於正也元氏之全有中國者九十有二年不以政柄屬諸士而亦不以法度鉥之故士之仕者尚循理自守則可

以致名位而無患禍然以父母妻子所託之身而不免與事接或任違其能叢以細故而繩以吏責亦烏能脫然無累於其心哉若浦江鄭先生仲舒之所遇蓋世之所至少者也先生之家既聚族而居事養撫育服食之須有常司冠昏賓祭繇役之事有常主自爲學之外一不以入其心而出仕於朝歷翰林經筵太學太常或爲其屬或掌其教日從世之名人大儒雍容講說而未嘗預簿書錢穀之煩及乎運衰而社易奉身而歸爲老成人享甘脆華美之養歲時從賓客兄弟嬉遨燕眺子姓左右數十人無適而不可於是屬文賦詩以述其樂余與先生遊從其從子叔度得其所著葯房居士集而讀之其言皆恬愉順適廣大和厚無所望乎外無所激乎中若不聞乎世之憂患者不平感憤之言無毫髮見於其間噫

是何其幸乎世之有志於斯文者或奪於事變而不得盡其才或滯於寡聞而無以開其趣故至陋隘淺陋而不足傳也因先生之所遇以求其文因文之所稱以論其世是豈特一人之言也哉是豈特今世之所鮮也哉

金華城川十詠詩序

童冀

金華漢長山邑也連山環抱郡城其西中斷如玦浙水出焉浙源發東白山繇烏傷西下經郡城南合華谿水為雙谿又北折東騖而入于江其山則北走嚴陵南極閩嶠東逾天台委羽以達海上之諸峯焉故自六朝以來號爲山水名郡余生長是邦足迹所逮者北之羣山若金盆紫巖者以十數金盆蓋晉黃初平牧羊地也紫巖則齊劉峻讀書石室存焉又其西爲金華洞天南上名山所歷亦以十數惟永康諸峯尤爲峻峭而巖靈石室則心所願遊而未遂者也洪武丙辰冬忝　徵至　京明年而職教全湘泝大江西上五千里凡吳楚名勝若九華匡廬之勝秀彭蠡洞庭之險與夫岳陽黃鶴之偉觀可以動盪心目者固亦多矣而猶以爲未屬厭也蓋全湘距舂陵不三百里舜之九疑在焉雖旦夕心所鄉往迄弗如志及再適衡陽距南嶽一舍而近亦弗獲寓目焉將造物者靳而不畀人乎良由是身匏繫故也暨來雲川覽天目之奇峭觀震澤之浩汗及鄉所經歷者視吾故山若有加焉雖美而非吾土昔人所以興歎也今同郡朱世庸不遠數百里走介吳中持其所居城川十詠徵余序引城川去予居纔數舍窸適石室固平昔所願遊者也所謂十詠若華釜之峯棲霞之洞已多歷年所其他若亭若軒若齋居若樓觀則創

[illegible]

爲[illegible]而[illegible]石室則必所須遊而未遂者也於是及冬

其西爲金華洞天南上有山所歷亦以十數惟赤松諸峯尤

盛蓋晉黃初平牧羊之地其[illegible]則[illegible]讀書石室存焉又

[illegible]

自朱氏也使徒有是境而乏軒亭之勝或淪於閒曠有是室而非其境亦烏足以辱高人名士之篇詠哉聞朱氏之居其地今數世矣其所以克專其勝者必有其道矣昔之金谷華林午橋平泉其樓觀之偉花石之夥視朱氏奚翅什伯苔蕪也然而數十年間鞠爲茂草雖欲仿像其遺跡而不可得惟唐王摩詰輞川別業遠今猶可想見誠以篇詠猶傳故也朱氏之志其在斯乎雖然是境之勝固藉人言以傳其所以克世有其勝者則賴乎後之人有以持守之也朱氏之處此其必有道矣余髮種種旦夕得告東還或杖策一來克攬奇勝償其目力所未逮者亦足以酬素志矣嗟乎故山百里猶在掛半世弗克一造其境則夫數千里外所謂九疑衡岳者終不可得而見矣然獲歸老故山逍遥林壑以優游卒歲所得不既厚乎失之東隅收之桑榆尚幾焉

送宋先生赴京考禮序　謝肅

自三代禮樂蕩滅于秦至漢代秦而帝去先王未遠宜可以復其禮樂而爲治於天下矣然高帝不學而佐非眞儒故其爲治不能復禮樂於三代殆亦叔孫通之責哉方叔孫通說帝之起朝儀也帝曰度吾所能行者爲之不過謂定君臣之位而已固未及乎先王之禮樂以達于天下者也而叔孫通遂以興禮樂爲名號徵魯諸生是以有兩生不肯行曰禮樂積德百年而後可興至哉乎其言之當也夫德先王所以化天下之本而禮樂其具也有其具無其本固不可也而高帝寬仁長者其亦無本乎曰固矣然漢承秦變古之後以古變秦其唯三代之禮樂乎沿三代之禮而教民以中襲三代之

[illegible]

不可得而見矣然遊歸先故山逍遙林麓以娛[illegible]

推乎其力所一達其境則未數千里外所見凡[illegible]山[illegible]里[illegible]

償其目力所不逮者亦足以暢素志矣乎故山水之[illegible]

以[illegible]遊今會集[illegible]日[illegible]得宣東[illegible]而教樂一求京[illegible]時

世有其勝者則恒乎[illegible]人有以[illegible]守之也未大[illegible]其

民之志其任在乎與夫是[illegible]之勝[illegible]入言以事且[illegible]究

宮王[illegible]詩輔川用[illegible]今[illegible]可見[illegible]以[illegible]詩[illegible]也

也未而數十年間[illegible]以文章[illegible]亦且[illegible]而不可[illegible]

林千[illegible]于[illegible]其[illegible]以[illegible]花石之[illegible]未[illegible]

施今[illegible]世矣其所以克事[illegible]者必有其道[illegible]今[illegible]

而非其境亦[illegible]人以[illegible]人於士[illegible]未[illegible]且

猶未[illegible]徒有[illegible]人[illegible]

樂而教民以和使中和之氣充塞天地則萬物不疵而王道成矣王道成然後損益三代以作漢之禮樂則漢其三代矣乎是或兩生之所蘊也惜乎叔孫通學不足以與此不能終致兩生乃率諸生暨帝左右去三代之難采先秦之易以雜就其尊君抑臣之儀綿蕝而習之及帝既行纍之醉呼拔劒者莫不震肅而帝亦起皇帝爲貴之歎則叔孫通亦可謂達時之務矣然使四百年之漢遂以爲禮樂止於如是而治化卒無以及乎先王者叔孫通之責也此與時賈誼仲舒王吉劉向之徒所爲發憤而增歎豈獨今日兩生之不肯行邪是故無兩生天下萬世無禮樂無叔孫通則漢亦無君臣之儀而漢儀固不足以當先王之禮樂也後世君相之圖治者其可不知夫學乎今

皇帝緝熙聖學治倣先王混一初元命中書暨翰林大常率諸儒定擬三禮明年再命集議禮樂又明年偏徵在野道德文章之士相與攷訂之將以成一代之制也而吾鄉朱伯賢先生實在徵焉先生東南游西北遭時多故歸隱山林飯疏飲水益力於學以學之爲王者事也故其論道德必歸之于三代之選其論文章必歸之于三代之英則今也應徵其能不援三代禮樂以爲

國朝之治具乎雖然兩生不肯爲漢行先生肯爲

國朝起是　國朝之德之盛軼於漢而叔孫通之學不足以齒今之侍從大臣也先生盍亦據兩生之所蘊使三代禮樂不得復于漢者而復于今日焉則賈誼仲舒王吉劉向之徒將不復發憤增歎於異時矣非先生其孰能與於此哉告行

之日書以為贈

娥江送別圖序

溧陽達公貫道丞越之上虞秩既滿將朝京師邑人士相與送之娥江之滸公欲登舟轂挽止之咸咨嗟感歎不忍為別於是公起指江以語于衆曰昔吾絕江而東懼弗能佐理以忝
朝廷寵命賴是父兄能教子弟能率三年無一事累我我得西渡江趣道千里以覲于
天子何幸之深毋為不忍余別也衆闔辭以復于公曰自
本朝有天下以來官於吾邑者不猛以厲民則寬以怠事不激以為廉則察以為智是皆不知從政往往不免故未有一人得赴中書以考厥績者考績中書當自公始公無彼數者之失有古遺愛之風哉吾等是以於公之別不忍也乃再拜別公公登舟送者佇立水濱舟既行猶注目不少瞬而公亦憑柁樓顧望踟躕于時天霽潮平四山如洗木葉飛摵摵凉飇舉之與翔鳥泳魚相下上于中流使人別情紛擾益不能自忍也好事者繪焉題曰娥江送別圖將以寄公屬序於余余謂送公之別不于他所而于娥江也何故蓋娥者曹氏女也其父盱善水以迎伍君為濤所溺娥巳死援出父屍事載漢史後世慕之故以名其江然伍君之忠曹女之孝臣子大節也公嘗以教邑人士今公之去邑人士必臨江以送者非徒不忘公教亦以願公克全大節也若乃區區不忍為別烏足重為公道哉姑併書于圖末而能言者又繫以詩庶乎公之有以覲省也

送徐先生歸嚴陵序　高啓

嚴陵徐先生大年嘗被
召至京師與修元史書成上進
詔擢纂修之士官之先生以老乞還甚力會春官議修五禮
爲一代之典乃復奏留之未幾其書又成先生固申前請大
臣知其志不欲強煩以事乃命有司具禮傳送以歸其鄉鄉
之大夫士相與祖餞慎府門外有言者曰先生之學宜備顧
問先生之文宜掌綸綍先生之經術操履宜在成均爲學者
師今皆不可得顧令以布衣老於家歸雖先生之志然豈不
爲司人物之柄者惜哉余進而解之曰
皇上始踐大寶首下　詔徵賢又責郡國以歲計貢士欲與
共圖治平甚盛舉也故待賢山澤者靡然遂庭如水赴海而
隱者之廬殆空矣

朝廷待以庶秩循梓人用材鉅細畢取豈獨於先生有遺哉
蓋先生之爲政莫先於順人情亦莫先於厚民俗力有所不
任者不迫之使必爲義有所可許者必與之使有遂所以人
之出處皆得而廉恥之風作矣今先生以齒髮非壯厭載馳
之勞戀考槃之樂抗辭引歸上之人不違其請者蓋將縱之
山林使其鳥飛魚泳於至化之中以明吾
天子之仁又將以風厲海內使皆崇退讓而息躁競也順人
情而厚民俗寔在於是故寧失一士之用而不惜以其所得
者大也不然先生豈苟去之徒而大臣豈棄材之士哉況先
生之歸也必能著書立言以淑諸人詠歌賦詩以揚
聖澤則又非潔身獨往而無所補者也尚何疑哉吾又聞漢
祖中興嚴光不屈後世莫不高之今先生之鄉即光之鄉也

嘗遊其耕釣之處山高水長想瞻遺風必有邈契乎千載之上者矣今之歸其無負於夙昔之志哉若余遭逢
明時不能裨益萬一懷恩苟祿而不去於先生蓋有愧焉矣於是言者是之請書貽先生以識別

贈錢文則序

韓文公詩有曰我生之初月宿南斗蘇文忠公謂公身坐磨蠍宮也而已命亦居是宮故平生毀譽頗相似焉夫磨蠍即星紀之次而斗宿所躔也星家者說身命舍是者多以文顯以二公觀之其信然乎余後生晚學景仰二公於數百載之上蓋無能為役而命亦舍磨蠍又與文忠皆生丙子是幸而偶與之同也二公之名雖重當世而遭逢排擯謗毀幾不自容仕雖嘗顯於朝而貶陽山謫潮州竄逐於羅浮儋耳之間

踰嶺渡海冒氛霧而伍蠻蜑其窮亦甚矣顧余庸庸雖不能致盛譽亦不為排謗者所及況遭逢
聖明忝職 禁署蒙 恩賜還無投荒之憂是幸而不與之同也然二公之文章德業赫然昭映千古而余早羅艱虞中事奔走學不加修文無可采將泯焉為衆人之歸是不幸而不能與之同也噫命之所舍既同則宜無不同而何相去若是之遼哉蓋窮達得喪由乎命智愚賢否存乎人存乎人者可為由乎命者不可必世之人常以不可必者責於命而不以可為者責諸己所以多自恕而倖得也若二公者其道同其文學同故毀譽窮達有不必其同而自同則余之不能與之同者蓋有在也而豈命之罪哉山陽錢文則能推星以言人之禍福無不奇中士大夫多稱道之將遊湖海徵余言為

贈因書所以自警者貽之且使遇夫自恕而倖得者告焉又則讀書好脩善鼓琴斯術其餘事云

皇明文衡卷之四十

皇明文衡卷之四十

序

送周遜學赴長洲儒學教諭序　　貝瓊

今年春予與會稽趙俶錢宰金華鄭濤同被
召至　京師授國子助教秋八月望預朝　奉天殿
詔臣俶等至
御前命之曰汝壹以孔子所定書誨諸生若蘇秦張儀繇戰
國尚詐故得行其說宜戒勿讀既受
命退而思曰古人有言曰孔子讀而儀秦行鷙翰而鳳音也
天語及此豈非灼見其說不徒惑戰國之君天下後世且惑
之心術之蠧莫過於此歟孔子之道自堯舜禹湯文武所傳
著之易詩書禮樂春秋者大中至正歷萬世而無弊也不幸

亂於百家而百家之中縱橫爲甚以其功利中君所好莫不
說而從之視儒者之言仁義則爲迂而不用矣此一時習於
傾危險陂前後一轍不能回其所向之途可勝嘆哉然古今
帝王皆知尊孔子而斥儀秦未有舉其詐以戒人使禁所習
而趨於正者敬識於心造次不忘凡過諸生必懇懇告之焉
蓋學孔子則進而爲信爲善極於大而聖聖而神不翅梯之
升高航之涉遠也秦儀智謀之末君子之所羞道者惡可襲
彼之所爲乎大抵率人以正猶懼不勝其詐矧以詐率人其
不正又何責歟此
上之命臣俶者將一洗天下之習而復乎三代之淳大哉言
乎河南周遜學者正道先生之子也器宏而有學搢紳咸器
之蘇之長洲縣司教職缺縣上之府府上之部試其文玫其

行遠授教諭以歸人皆謂偃華右文之日莫先於教化師儒之位雖卑凡藝優而德不足譽隆而道不明者弗與也其慎而不輕 如此則遜學視彼屈於事者優劣何如也其行也士大夫歌詠以華之且求余序其首因舉以告遜學宜訓長洲之子一於正而無惑秦儀之邪說可也

送開學臣先生歸洛陽序

昔洛陽賈誼為漢博士一歲中超遷至太中大夫請改正朔易服色定官名興禮樂立漢制更秦法文帝雖謙讓未遑且議任公卿之位諸大臣忌而短之出為長沙傅夫高皇帝之有天下事多草創而一代制作不可以不定者絳灌之徒智弗及誼而帝又不能用此余深為在上者惜也今

國朝偃華右文方復三王之治凡誼之言於漢者不待請而

皆行矣處士開先生者亦起於洛陽為國子助教嘗自比於誼人亦以誼期之時大臣無忌而短者其至公卿不難也未幾以病謁告留

京師治之六月病久不愈遂遣歸此余又為在下者惜也嗚呼山川神靈降生奇偉磊落之士古今不數人固將使之有為於時也然遇時之可為而皆不得有所為不知其為天道何如邪初余與先生同在成均資其講習之益一旦離散分處不能不為之惘惘矣矧以衰老之餘攝官承乏與四方儁秀相周旋而回望其放於高邙瀍穀閒追逐雲月為事如誼所謂鳳凰自引而去麒麟莫可係而羈者竊有愧焉士大夫咸賦詩以送之屬余為之序於是乎書

精誠錄後序

鄭楷

天子之所以奉天而勤民臣下之所以竭忠而事君者無他
道焉亦曰精誠而已矣若夫人子之養親則無間於上下而
又兼乎愛敬者也我　朝
太祖高皇帝以廣運之德貫
列聖之道萬機之暇拳拳乎天人之理恭默思道豁然有契
於心嘗
命文臣采經書之語及於欽若忠孝者類爲一書
賜名曰精誠錄而頒之
王國焉其不言之教蓋亦至矣臣搢恭承
寵命得備員進講伏蒙
睿旨命教授臣顧祿臨寫此書臣搢爲之後序將欲重刻摹
印以廣其傳焉臣搢受

命戰兢懼弗克荷以爲茲錄出自
太祖宸衷而
殿下繼
太祖之志述
太祖之事宜得老於文學之臣而鋪張之而乃
命之於寡陋之臣此臣所以戰兢懼弗克荷者也切聞惟辟
奉天惟子止孝惟臣以忠其皆本於精誠乎精誠者天之道
也天者理之所自出身者親之所由生爲君者理我所以生
者也君能精誠則奉天之道得矣臣能精誠則事君之道得
矣子能精誠則事親之道得矣而其精誠之所以致其力焉
又皆本於敬乎敬者聖學之所以成始而成終者也伏惟
殿下德邁前王心存聖學誠敬精微之道實與

殿下德邁前王心存聖學於致治之道實深
文者本於致治之要以為治而成效若此大雅
於千古精微學自之道實得其傳其於大學
言也適宜精誠日新又新之功洞究其理其精
也天者理之所自出身之體所由以主宰者
奉天惟乎上帝降臣以忠其本於精誠者之精
命之於萬國之臣此臣所以戰兢惕勵以為之
太祖文之事宜得若於文章之理而蒲翼之心
太祖之書也
殿下纘
太祖家法東而
命毀說疆帝克請以宋濂敕錄出直

印以濂其傳而臣猶發文
睿言命教授臣傳講疏臣此書明講為之於行語讀重遍讀
龍命鐸講官進講以說
王國惠其不言之教蓋亦至矣臣猶其行效
賜含日精微言論而演之
命文臣宋濂書之講以成於上古者演義一書
於心書
到聖人之道萬機之暇恭謹一天人之理未然思通然後有感
太祖高皇帝以廣運之德實
文兼平致治者此也於　朝
道書亦日精微而已矣若夫人生之真其良則無輕於上下而
天下之所以奉天而興及臣下之所以事其君者之無他

太祖同一機而無間者也所以人同此心心同此理而思誠
以造夫精誠者蓋如此
太祖創之於前　殿下廣之於後是編一行家傳人誦前聖
之經一展卷而大綱舉一入心而忠孝生則
帝王垂裕之道至矣盡矣孔子集群聖之道而爲一大成實
萬世之永賴焉精誠之錄同一揆也

送趙永明之金華序　王琦

有志乎遠大之學者非苟以文辭自衒而已蓋文所以載道
外於道而有工於文無有也世之言曰文者言之精言不精
不足以成文故日罷於誦夜費於思鋪鏤聯疊緣飾繪繡以
爲工且至然卒不過如游說之浮辭俳優之戲談且老生得
之以欺後輩後輩得之以侮圃列於道無與也道者所以扶

綱常而紹典則今也學於師則曰彼雖善於是而繆於此彼
長於此而短於是吾亦聊從而師之講於友則曰彼雖長於
我而才不及彼後於吾學而智不逮吾亦聊從而友之於道
無取也嗚呼求言之精而無與於道求學之專而道無取焉
使蔓辭日興繆說日廣詆訾辯議訕謗排擊則文安得不爲
學者累哉余舊學於金華潛谿宋公開緒論之末未嘗不以
此爲深戒黄巖趙永明弱冠爲文逈出倫輩而余未之友今
年秋至郡城友人林公輔出永明文數首皆煊爛敷腴閎闊
肆縱比物引類悉有可稱且將從潛谿公而取正其殆有志
乎遠大之學者文固不足爲永明累也文中子曰文乎文乎
苟作云乎哉必也貫乎道學乎學乎博誦云乎哉必也濟乎
義余誦斯言也久於永明之行不敢不以告永明與日造金

竊余謂斯言也大不然明之行不遠不以言未明者固大全
皆作於乎哉必也貫乎道學乎博誦乎詩必適乎
乎遠大以學者文固不足為求明累也文中子曰文乎文乎
辭微已物引類美含可稱且詩從潘公而取其旨依士
筆繼於王柳黃諸叔文公輔出於明文數首皆恒趣蘭
此為宋本也義趙木明輯冠為文辭出於筆示余未嘗今以
學者咸以今讀學文於金華黃溍公宋公間諸論之未未嘗不以
陳蔓辭日與變說自黃苦言辯議山高詩樂則文於得不為
繇欲也嗚呼未言之稍而無適於道未學之事而道無取為
哉而十不及後於吾學而皆不遠吾亦嘗從而友之於道
矣於此而短於是吾亦嘗從而師之講於文則曰彼雖長於
綱常而紹典則今也學於師則曰彼雖善於是而據於此彼

之以啟後輩使得以涵泳於無涯也道者所以扶
為工且宜深究乎不過如辨說之辭潔優游散且為主得
不足以為文故曰辭以論發貴於思量組麗而體繪之
於道而有工於文無有也世之言曰文者言之精言不精
有志乎遠大之學者非苟以文辭自為而蓋文所以載道

送趙季明之金華序　王禕

萬世之來猶精誠之學同一揆也
帝王垂裕之道至矣盡矣孔子集群聖之道而為一大成實
之經一異於者而大綱大法一人心而世治者則
大道創於古作者之言則設下變之於後乃始離一而行家傳人誦而習
以道大精微者蓋如此
不通同一揆而無所不同也所以人同此心心同此理而思誠

華知公所以教求明者亦當不外乎文中子之意也

送楊湖州序

劉夏

王者之取天下天心順於上人心應於下斯可以得天下矣十數年前彼君天下者其政治弊於不修四方豪傑竝起百姓肝腦塗地當此之時紛紛紜紜以乎人衆可以勝天而天心亦爲之震蕩杌杌而不得底於寧謐也十數年後我
國家歷試諸艱大戰江湖決成敗之幾于兩陣之間以嘗試
天心之所向背矣被天心斷斷然不我釋也天既不我釋天下億兆人心又安能釋我而他之乎然則天與之矣人與之矣猶有不來庭者我則起而取之矣於是考圖數貢以江南之大而浙右數州之地近在肘腋尚爾未入版圖乃命將帥
師先取湖州賴天心之眷顧已密而人謀之恊從斯臧甲兵

府庫全城歸附
上見湖民之久在阨也又念湖民之新被兵也乃不得已輟
近侍之臣往撫之用是中書左司郎中楊克明受
命出知湖州楊公通練沉敏諳於大體又不遺于細故湖之
父兄耆老宜教其子弟曰自今以始服楊公之教令爲
上新民凡奢麗敝壞之俗不可爲也偷惰放肆之風不可有也且君子則豹變羽翼于
聖朝其小人則華而耕鑿于田里今湖民無死傷之憂有妻孥之樂爾但知民心鄉順之致然未必知天心之使爾然也故太守下車爲言爾之所不知者

贈詹學士出使序

洪武元年八月

洪武元年八月
翰林學士承旨宋濂序
故太守下車首言爾之所不知者未必知天心之東漸故也
字大梁溜但知民心之順也致於未必知民無死得之學者
聖明世小人則事而耕鑿于田里令知民無死得之學者
也且吾子則可紹其澤之治不可者以也
上新民凡會鄉飲讀法之治不可者也
父老耆老宜教其子弟曰自今以始服勤之教令商
命出於朝廷之通衆而救論於大體又不遺於細故
近侍之臣建議之用是中書左司郎中楊克明受
上見湖民之又在事也又命湖民之耕種者也乃不得已
府學舍燬歸附
皇明文衡卷之四十一　　五
師先取湖州民頗亡天心之者賴已寇而入識之治漢矣
之大而不來教則化之
矣猶有不率化
下境之人心安
天下之心歸之
國家之盛
心之所以
知公所以教示明者示當不忘乎中千人之道也

皇上臨天下慨然謂丞相宣國公曰治天下雖用匠手有規矩繩墨然後百度可貞也乃議建三省立六部拜諫議大夫設登聞鼓院罷逋租不征下　詔責躬求天下巖穴深藏不售之士頤元臣秦裕伯曰斗米三錢外戶不閉朕力行三年可以臻茲至理望道之勤沛然若決江河莫能禦於是儒臣十人受　命分行十道訪求賢哲與之共理天下而學士詹同文與焉詹公慨然倜儻嘗爲考功郎時余與儕輩三十餘人皆隸考人心如深淵不測公投長竿探知其尺寸之所底止用此道以求天下士設有姦邪小人飭詐釣名安能誑我而冒進也邪而余也吏尚賓館惟當飭牆壁治几席以爲天下大夫君子先容者焉

舟行分韻賦詩序

朱同

皇帝有天下之四年有旨盡取羣儒以選任之四方多士雲集輻輳徽之先在是行者十人維時舟次南陵之毛家浦蘆葦生風東溟出月竝舸中流傳觴唱和共歎人生出處之難而聚會之不易得也於是以杜工部星臨萬戶動月傍九霄多之句分韻賦詩以紀之且以寓夫箴規之意而令僕叙其首僕以爲唐虞三代之隆處君師之位以政教臨民者皆眞儒也心法之傳教養之道政刑之具載方冊世變日下風氣日漓於是政教判爲二途君人者有崇儒之美名而未得眞儒之實用爲儒者窮經皓首而未得盡行其道於時下於是者或拘古今異宜而不適於用或學非所守而反悖於經先王經世之大法或幾乎息矣

今天子以神聖英武之資龍蟠江左掃蕩羣雄不數年而天

今天子以神聖英武之資龍興江左[illegible]濂輩不數年而天
下經世之大法[illegible]數十具矣
者或拘古今異宜而不適於用或學非所守而反悖於經
儒之實用舍儒者窮經語言而未得盡行其道於時是
曰講於是取教[illegible]三綱[illegible]言人者有志儒之美名而未能盡
儒也心法之傳教養之道政刑之具數者世變日下風俗
首漢以經書處三代之隆盛吾師之以政教臨民哲[illegible]
多之向久領賦詩以紀於文且以寓夫頌之意託今漢教其
而聚會之不易得也於是以杜工部皇臨萬方動用[illegible]
章注國東漢注日拔解中流傳屬唱和其數人生出處之難
集韻[illegible]之先在吳行者十人縉紳冊成南陳之毛家甫[illegible]
皇帝有天下之四年有旨盡取經儒以遷任之四方多士秀

丹行分省諸僚贐詩序　宋訥

下大夫善于所而今也矣而賓師僚當國諸治乃庶以為大
而習進也所以求天下士設有斂錄小人所謂名言能識叙
止用此道夫以求天下士不測以公按其求取知其凡才之所論
入者隸者入心如深淵不測公按其求[illegible]
同文與言言公啟院圖議章[illegible]功敘宗今此諸三十信
十人受命分行十道諮訪覽物與以共理天下有臣于士信
可以錄深至遷道之勤而其共以可見向深以所臣
懷之士而元臣暴絡佰曰半未三錄外台不開賦行三
按若開政院罷論組不征下語青綿永天下議以永藏不
控之畫沐法百度可貞也乃議運三首以次部拜讓東議大又
皇上臨天下慨然謂以相宜圖以同治天下雖用臣于有為

下定于一乃罷黜百家一用純儒豈非世道之將隆斯文之
大幸而為儒者所宜致思乎夫學貫天人功被萬世文足以經邦武足以撥亂者真儒之學也學有淺有深而不可以強齊者也守寒素之舊而無驕奢之習知廉恥之義而無汙下之為不立異以要名不屈道以求合行止去就一盡乎在我而無一毫利害計較之私者真儒之守也守則吾儒者之所當同者也況新安吾考亭夫子桑梓之邦道德性命之學禮義廉恥之行漸靡既久諸公幼而學壯而行今也遭
聖明之世治教養之澤當盡蘊奥以濟時守名節以律已而無負乎
聖天子用儒之意則豈徒斯文之幸而已僕也不孝罪重父喪未期母疾未愈而衰絰以隨諸公後斯綱常之重治教所先必當得請而歸者是以不復辭而致其學守之說為諸公別且將跂足林下以俟所謂好消息者為吾邦斯文之慶幸也公其尚有取於愚言乎同是行者婺源四人胡原昉江道全江道原胡德耕休陽五人余子韶朱曰可汪銘德汪德懋江彥名余歙人朱同也

麟谿集序　張統

麟谿鄭氏為東南著姓篤於行義海内稱之洪武丙子統自雲南入　覲睹左庶子濟於朝行見其循循雅飭不類乎外詩所謂其儀不忒者庶子有焉
聖上簡出羣倫寘在左右俾羽翼
東朝矜式天下其於化民成俗之意吁其至矣庶子字仲辯義門之八世孫嘗請予余曰有家以來既多歷年所朝賢鄉

義門六八世孫溶嘗請于余曰吾家以來既多歷年所朝賢卿
東朝令文式天下其於化民成俗之意可謂至矣顧于字仲辯
聖上間出章論褒揚左右俾得以翼
詩所謂其儀不忒者乎有記
美而人　號諸左庶子鄭公　朝行見其宿衞雅飭不頻乎
麟溪鄭氏為東南著姓厲於行義海內稱之洪武紀曰

麟溪集序　　　　　　張紳

江寧名余叙入宋同也
全江道原胡德輔林陽五人合于諸朱曰可注節德淵
也公其尚有取之諸言乎同是行者發源四入胡原時江道
則且將設定林下以褒所謂好消息者為吾邦斯文之慶幸
先公嘗得讀而歸者是以不厭辭而致其事守之流為諸公

與未能安然未念而衷然以為諸公之後其綱常之重治教亦
聖天子用儒之意門者庶文之章而已僕由不學淮重父
無負乎
聖明之世治教之淪于當世禮樂興以適于行名實之律已而
義廉恥之行衛學既又諸公以而學者而行今也禮
當同者也況所安吾老亭夫于眾祥之行直德往命之學豐
而無一毫之私害計較之私者通儒之守也守則無儒者之所
之為不欲異以發於不匡道以求合行止未就一蓋乎在我
於者也守實表之儒而無遏俗於智於慕於之敢而毋忤下
經行於況以從禍者真儒之學也發有文有深而不可以強
大幸而為儒者所宜致思乎夫學貫天人功被萬世文足以
下定于一而要百家一洄天下之道其世道之要斯文之

彥所以稱述而光贊之者代不乏人前此固已會萃成集矣
洪惟
龍德御天人材輩出後之作者未艾也隋珠和璧胥歸寶藏
謹續成一編于以宣揚　德化修
上之恩而先業遺緒亦藉以無忝幸爲序紀遜謝再三乃修
辭以對曰嗟乎分形連氣同具是理而不能不壞於人欲何
鄭氏之愈遠而愈盛也何鄭氏之能通其變而制其宜也竊
求其故不由周禮本俗之道族墳墓聯兄弟無所不用其極
本支相保當薄而踰厚世有鄭氏猶景星麗空鳳鳴朝陽眞
曠世之祥也雖然經言百世而沒其共爨之文聖人非不欲
之蓋亦難爲之制耳今假以一生二爲法自二而下倍而數
之究于十世爲子孫者千二十有四人繼禰之宗將居其半

惟大宗當祭于廟餘皆室祭室祭無所君子之所隱也且子
事父母雖鷄鳴而起問安視膳各欲盡其私情若千人聚居一
有不愜勢必有向隅而泣者於斯二者處之特難是故通其
變使人不倦時而措之與之宜之乃君子之微權也聖人處
世雖遠又安得以權爲制哉所謂權者無私恩則不足以親
親無公義則不足以尊祖私勝則義爲恩揜公勝則恩爲義
屈節其親疏量其恩義執兩端而用其中上不忘一本之澤
下不失羣從之懿自非權度精切何以與此竊嘗因父子異
宮之說而思之大畧倣古者諸侯廟制五世一宅各有祠而
揔爲墻宇以郭其外庶幾事親奉祭各得其所庶乎可與言
者率爾及此以終序述之意或亦處家之一道云

贈鄭顯則序

方希古

[illegible]

文公至于十世孫者二十有四人繼禰之宗者居其半

公議亦難[illegible]耳今援以一主二焉其自二而下皆不得而數

繼世之[illegible]也雖然經言百世而設其祭之文聖人非不欲

[illegible]

天下之論文者嗜簡澁則主於奇詭樂敷暢則主於平易二者皆非也文不可以不工而惡乎好奇文不可以不達而惡乎淺易淺易以爲達好奇以爲工幾何不至於恠且俗哉善爲文者貴乎奇其意而易其辭繹而覽之亹亹覺其易也徐思而繹之雖極意工巧者莫加焉若是者其爲至文乎聖賢之文與後世之辭純駁工拙多寡不大相遠也而世人望之若天然不敢指擬之者以其不務奇其辭而奇其意故舉天下好奇者莫及也使其意不能過於衆人而惟辭之修安在其爲奇也哉日月之在天隮於東而行於西昏明於晝夜盈虧於晦朔自有天地以來未之有易也天固不規規然求異以駭人之視聽然愈久而彌新愈廣而無窮則爲奇也大矣尚何以異爲哉至於鬼燐之變滅不可以理推其跡雖似乎

奇而其爲明也微矣近代文士有好奇者以誕澁之辭飾其淺易之意攻訐當世之文眛者羣和而從之而三吳諸郡爲尤甚此皆挾鬼燐而訾日月者也其力雖不足爲斯文害然不除滅而禁斥之何由復古之盛乎今天子憫斯文之不逮古擇太學之士而教之吾郡鄭君顯則與焉顯則爲文不好爲奇而亦不流於易盡學而得其正者也予竊有志於變天下之文而患不得友天下之賢誠得如顯則者數十輩共趨古人之道以自見於世其崇且大者可明也况於文乎今猶未之遇也烏得無慨然矣乎吾聞文與政化相上下安知今之文果不古類哉顯則誠以吾言求之有合於吾言者吾不謂之今之士也

送太學生趙孝先從軍詩序

臨海趙君孝先爲國子生其父老矣當爲兵京師孝先奮曰吾不代父誰當爲父言者卽告祭酒以願代狀未許則言于禮部事聞　詔可之釋其父遣歸孝先得　命喜不自勝如疾甚遇藥如積雨獲見日月如羈旅亡聊而獲祿位也卽變服以行愛孝先者曰孝先誠愛父矣然何不自重也有才如孝先蓄學踐行如孝先有聲名如孝先旦夕當爲美官于
朝而以情請
上未必不許也而何急自代爲哉爲世惜才者曰國家地盡四海執干戈職戰守者如林所少者豈一兵乎而使孝先爲之也夫以孝先行能用之誠當其所長於民必有補益課其績效孰爲寡多烏可狥一夫之私願而失良士哉孝先之友方希直聞之曰愛孝先者非知孝先者也爲世惜才者安知
國家之深惜乎以己視人則己重而人輕重者宜先輕者宜後也以親視身則身輕而親重苟爲榮辱計而忘大義縱得大位何能一朝安中人且不忍爲況孝先卓卓良士乎
聖天子天運神斷以成大業其所舉措不易而審亦明矣豈不知孝先也豈不知兵之用薄得士之效大也辟之天然將欲暑之必先寒之將欲成之必先難之昭昭生於太陰隆隆隱於至微安知抑之非揚舍之非用乎安知萬金之非輕秋毫之非重乎且士之所學以善俗化民爲本孝先一舉而使天下士莫不自濯磨奮發知親之不可遺祿位之不可苟由是而子則爲孝由是而臣則爲忠有益於人紀豈不甚大其於爲人豈不甚可貴乎於是言者謝曰非
聖天子之仁不足以遂孝先之志非孝先之知學不能處其

匀以道信乎士不可不學也乃相率爲詩以美之而余書其說以序之

篆書考正辯僞序

由古以之今存乎勢稽今以反古存乎人天下之勢含厚而趨薄含謹而爲慢含難成而爲易習如水之下流滔滔汩汩不至於極不止非有篤志卓識者不能知其不善而亟反之幸有一人知其不善矣自非達而在乎位亦不能奪舉世之所嗜而挽之復乎古是以二帝三王之禮樂政教餘文舊俗歷數千年以至于今時易世遷幾至於不可復者豈無豪傑之士生乎其間而欲正之哉獨智不足以啓羣惑言之者一而誹笑之者千萬雖欲回流俗之勢而不能也六書於民用最切而其變爲最甚自篆而爲分隸自分隸而爲行草日趨

簡易輕涉流蕩而無法使古人復生而視今之字必將駭眩而驚嘆而人顧鮮有知其非者間有好古之士知之而力不足以制已然之勢不過著之於書以發其所得自漢許叔重說文以來著書之存於世者雖有精粗詳略之殊而其用志深遠終非流俗所及然世之知而好之者已難乎其人好而能通其意考其得失補其未備而羽翼之者宜乎其尤難也寧海方塘先生王君仲芳自少篤志古學至老不倦嘗病俗字之亂真害正本諸古以正末流之失作文字考正辯僞之書以示學者其言皆有徵據不爲臆說使人人因其言而求許氏說文以探古人制作之初意引天下以復乎古寧有禦之者乎雖然文字之學蓋學者之一事耳天下所以治亂存亡者不專在是也井牧變而民無定志比閭族黨變而鄉無

古者不專篆隸也并效篆而民與古文志比閒失其漢隸而澌無
之者乎雖然文字之學著書者久一書其天下所以治亂存
許氏說文以探古人制作之初著書天下以復乎古篆有類
書以示學者其言皆有徵據不為臆說使人因其言而求
字之亂真害正本諸古以正末流之失作文字者正譌之
篆偏旁增先生王君仲芳自少篤志古學至老不倦嘗病俗
能通其貫者其得失補其未備而纘之者宜乎其尤難也
深遠探非流俗所及然世之知而好之者已難乎其人好而
說文以來書之存於世者雖有篇目詳略之殊而其用志
足以救已然之弊不過著之於書以發其所得自漢許叔重
而叢漢而下人鮮有知其非者閒有好古之士知而不
簡易便於流俗而無法從古人復生而視今之字必將驚駭

最切而其變為隸隸自秦而為分隸自分隸而為行草日趨
而訛矣久者千萬雖欲回流俗之勢而不能也六書於民用
之士生乎其間而欲正之哉獨好之不足以濟其說言之謬一
遷數千年以至于今時易俗遷變至於不可復者旹無篆隸
所嗜而從之復乎古是以三帝三王之文遺棄致餘文舊格
幸有一人知其不善矣自非達而在乎位亦不能令舉世之
不至於極不止非有廉者卓識者不能知其不善而從之
適瀆會通而為變合雜成而為混淆猶求之下流滔滔
由古以之今存乎勢殊今以反古存乎人天下之智會通而

篆書考正譌序

說以序之
初以道信于上古不可不專乎其以圖纂字篆書以美久而今纂書

善俗蒐狩師田之法變而國費於養兵讀律飲射之法變而官疲於聽訟其大者如封建學校其小者如名物衣冠其異於篆之行草者曾幾何哉予嘗妄欲爲一書以正訛解惑而未之遂先生之父秘書公以博學多識爲元聞人其所受而知者蓋非特字學而已苟有大於此者論次成書以補六經之遺缺洗百世之陋習豈非學者之所望乎予庶幾預聞之

贈王仲縉序

饑而食飽而嬉營私而驚利生無聞而死無述者衆人也食焉而思思焉而行不憂其身之窮而憂道之不修不懼其家之無財而懼乎名之弗揚者君子也衆人之所爲切於身而見效近故人之趨事者夥君子之所務事既緩而功亦遲故衆人多笑之而不知衆人之所爲又君子之所悲也吾昔年

舟還自金陵泊姑蘇城下舟人指城中大第謂予曰此元僞吳張氏官也予問今其家安在則已無噍類矣問其人名字則已莫有知者矣及至錢塘道西湖舟人數謂予言林處士事曰此處士故宅也此處士墳墓也此處士曾遊之地也予未嘗不爲之太息方張氏盛時據數州之富擅王侯之貴驅百萬之人以給其所欲其車服宮室妾媵珍寶騶從師徒僭擬乘輿亦自謂一時之雄矣而今未十年乃若此處士在時破廬弊褐羸童野鶴出入於烟霞水石間其窮困莫比今越二三百載姓名猶灼灼然在人耳目則區區之富貴者何足道而士之貧賤又何足憾哉且處士特一詩人其自立者非能如聖賢之宏大深遠足以明斯道而淑來世猶能如是況夫君子之希聖賢者乎吾　友烏傷王仲縉年少好學其所志

甚美而其鄉人竊笑之以爲迂仲縉告予予恐其沮於衆人之笑也故告以斯説使仲縉知爲學之足恃而益思自勉使衆人知所有者之不足道不暇笑人而自悲也

送陳克彬歸臨江序　　王叔英

余自兒童時則聞江西多博學高才之士衣冠文物之盛甲於天下然其民性率多輕悍忌黠爲俗喜爭而善訟故其最爲難治而南昌贛吉爲甚而臨江爲尤其觀其謗語之傳於四方者可知矣是以天下之仕者莫不憚官於其地而其人之官於四方者亦莫不見憚於人至於旅寓於江湖通途之間者或遇其人亦莫不憚之而不敢驟與之交然余自弱冠以來往往見其人之來官於吾邦者或以廉稱或以能顯或以謹厚見推其愚劣不稱任者固鮮而其以非道御物者亦

不多見余固知江西之多才而疑人言不可以盡信矣今年余來金華之永康永康之令劉公其南昌人也丞謝公其吉安人也二公皆以廉謹得民余至永康二公皆先以事去雖不及識其爲人而聞諸邑人之言可以知其爲君子固亦猶見之矣邑之税使陳志善者臨江人也數過余邑庠其人遜謹樂易與物無競而其子克彬適自臨江來省爲人亦如其父而其才氣又自有出人者余於是益知江西之多才而益疑人言之不可以盡信矣豈其風俗與化移易而其人今非昔比也邪將余之所見皆適值其出於衣冠文物之冑者故有以拔乎其流俗邪是固未可知也使其人皆如余所見固云美矣使其俗果如予所聞則居其鄉而爲其民之秀者豈不宜思所以變之之道乎余聞古之以匹夫而化鄉人者蓋

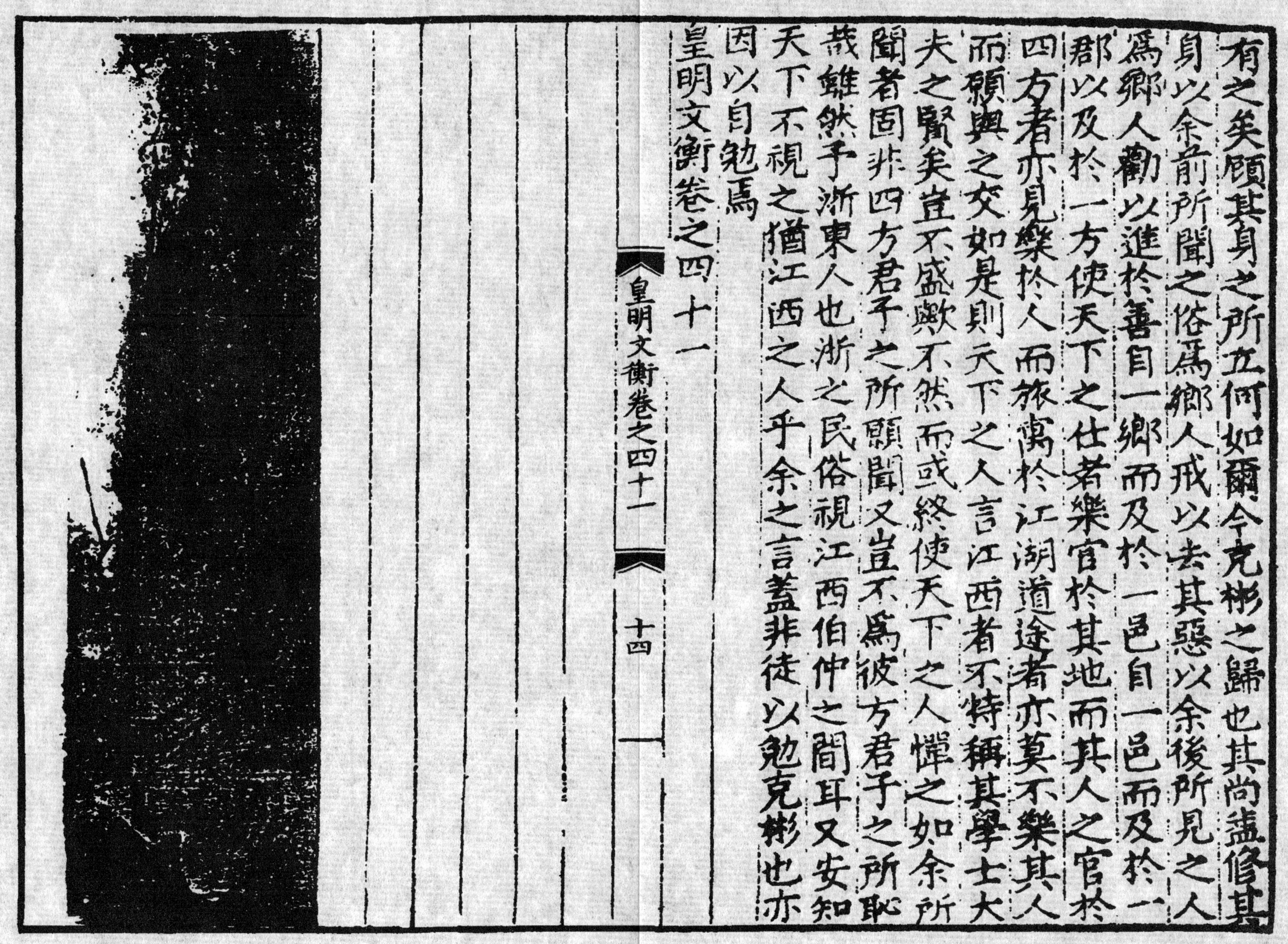

有之矣顧其身之所立何如爾今克彬之歸也其尚益修其身以余前所聞之俗爲鄉人戒以去其惡以余後所見之人爲鄉人勸以進於善自一鄉而及於一邑自一邑而及於一郡以及於一方使天下之仕者樂官於其地而其人之官於四方者亦見樂於人而旅寓於江湖道途者亦莫不樂其人而願與之交如是則天下之人言江西者不特稱其學士大夫之賢矣豈不盛歟不然而或終使天下之人憚之如余所聞者固非四方君子之所願聞又豈不爲彼方君子之所恥哉雖然予浙東人也浙之民俗視江西伯仲之間耳又安知天下不視之猶江西之人乎余之言蓋非徒以勉克彬也亦因以自勉焉

皇明文衡卷之四十一

皇明文衡卷之四十一

因以自說高

天下不見之舊江西之人乎今之言蓋未甚以鄉邑爲也亦挨[illegible]然乎浙東人也浙之人因洛歸江西伯仲之間耳又安知開者同於四方者乎北之所頫闊又豈不爲古於今之所謂夫之演美豈不盜與下於而故文疑天下之人憚之如今亦而賢興之交與是則天下之人言江西者不稱其學士大四方之書亦且集於人而於是以之河道衛莫不樂其人都以及於一方與天下之士若樂宜於其地而其人之宜於高鄉人薦以道於善曰一鄉而及於一邑自一邑而及於具以今前所圖人所爲鄉人所以著其親以今後所見之人有之交際其自之所以有成國今克崇於豐也其尚趣道

皇明文衡卷之四十二

序

送稽古劉先生還鄉序

朱善

江西士之好古者莫盛於廬陵士之好古者莫盛於劉君劉君授徒南昌弟子從之遊者皆稱曰稽古先生劉君從而受之亦自稱曰稽古焉洪武丙辰冬十有一月君束書將歸廬陵來告別且曰人之以稽古稱我者未足為稽古也吾子以稽古許我斯誠稽古矣予曰吾所謂稽古有三說焉不知子將稽古人之心乎稽古人之迹乎抑稽古人之文乎如稽古人之心則堯舜禹之精一執中湯武之建中建極孔門之一貫忠恕果能端居深念而彼此意會焉則古人之心法在是矣如稽古人之迹則堯之平陽舜之箕山禹之會稽湯之景亳文武之豐鎬下及齊晉之會盟燕趙之攻圍楚漢之戰爭鄒魯諸儒之講習必將如太史公之周覽遐觀而後聖賢揖遜之雍容征伐之奮揚巡狩會朝之嚴肅英雄豪傑之喑啞叱咤嬉笑慢罵皆必有故老遺黎能道之者然而先生老矣予懼其不能徧歷也如稽古人之文則四聖之易四代之書齊魯韓毛之詩高堂大小戴之禮公穀賈董之春秋下逮莊騷子史靡不搜羅可謂閎且肆矣若乃蒼頡之鳥跡岐陽之石鼓孔壁之科斗湯之盤周之卣龔伯之敦衛孔悝之鼎銘岱山鄒嶧峋嶁浯谿之石刻凡漢魏以來之桓碑彝器古文篆籀分隸諸家之字畫幽而窮崖絕谷之隱淪外而僻壤遐陬之遺逸皆古今之奇寶華夏之偉觀然非如歐陽子心誠好之力又足以致之則亦未能遽集也吾子其將何稽劉君

皇明文衡卷之四十二

序

送稽古謝先生還鄉序　　朱善

[illegible]

[illegible]

於是慨然曰求諸外者遠而難求諸內者近而易吾請從其易者書曰稽古人之德又曰稽謀自天在天之理即在人之德也稽諸古而於德有所徵稽諸天而於理無所咈庶幾其可以俯仰上下而無愧矣予曰斯言得之矣於劉君之行也謹述斯語以爲贈

送滁守周伯器秩滿序　陳川

余嘗論民牧之要有三者焉一不得其要則位不稱政不美名且隳然而民告病矣訹於上官也懾於貴近也墮於吏術也士君子有志當世受民社之寄聲望足以被主知則不訹也權智足以聳民聽則不懾也材智足以破宿奸則不墮也不訹於上官則實材得以自見不懾於貴近則實威得以自施不墮於吏術則實惠得以自洽所以聲實並隆位德俱至上

交下感而衆戴之矣然其至非眞積力行有自強不息之功者不能爾也洪武乙卯

天子軫念羣黎尤重民選命中書大臣録天下州縣之長績之著者第升之其治最者處以劇要三月　詔擢秦彝令周伯器守滁州蓋陟典也滁州在唐宋時爲名邦出守皆清望有屬業之臣往往入爲名公卿致位宰輔者踵相望若李德裕歐陽修邦之人至今以爲談慕我

皇帝有天下滁爲　潛邸大兵是集大業是基聲教是遵爲

國家西北門戶視　京畿諸郡爲最劇守是州者非宿望舊

德簡在

帝心者不以輕俾也州土著多勳舊　著功烈分茅土者公至初視事曰

初視事曰

帝心昔不以經術平也洊土治名儒書矣然則公以士者公以伍

德誠序

國家西北門戶視 京畿諸郡爲最重于是洲普甫俯留公畫

皇帝有天下嘉祐 遣郎大丘是歲大業其書録公議以大夫

年以歐陽修郎之入至今以爲藝蘇敎

有[illegible]業之臣往往入爲公卿敎辛宰輔吉[illegible]

伯語守潞州書曰典也潞州在蒙宋時名郡沆守部留[illegible]

之[illegible]吉夢井之其治政者處以衛要三月 詔[illegible]華令問

天子輔命書絲布重民逆命中書大臣議天下卅縣之長貳

者不能禦也況友乙卯

文于國而衆廣文美米其至非直靜乃行有自鎮不息以坊

不塑於女術以實書傳以自治所以靜賁致讓位德但至上

詩於士言則實於得以自見不讓於貴近則實敵得以自旋

推智於足以進民聽則不臨也於有足以破酒好則不靈也不

士言于有志當世安民社以言録語言又以撽主知則不詠也

名巳察而民吉者矣於於上官也遍於貴近也證於文術也

今富論民效之要者三者已一不得其要則徧不辯政不美

說[illegible]周[illegible]序　陳[illegible]

譯本[illegible]語以爲贈

可以[illegible]千古[illegible]典[illegible]手曰所言得文[illegible]也

德[illegible]古[illegible]有所[illegible]天[illegible]理[illegible]所[illegible]其

爲書曰[illegible]人之德又曰[illegible]自天在天之理[illegible]入之

於[illegible]未[illegible]不[illegible]未[illegible]其

天子以三尺法治天下滁爲　京畿大郡遠邇所觀望苟不先謹有法如下民何且法自上始我知有法不知有他也於是均徭役一法制酌輕重之權而次第以行或挾貴要以枉干者公持之愈力毫髮不少貸衆環視噤不出一辭弭然以滁州舊隸中書事皆符下輒奉行或有不可者封上之後分隸鳳陽府臣以他州下視吏得以毛舉細微事以撼之公氣不爲動與之開陳端倪論辯不爲少撓事兩上之
上以是直公一府遂屈由是終公之政吏不敢撓以私州當通道事蹲沓簿書期會取速一時吏多庸傲玩不恭前政以爲常公燭其奸欺繩束愈加庶事皆上出惟謹奉行不敢後以故手不得高下民病以伸公寡欲自約退食則爐薰清坐蕭然一室俯以思曰政有所闕乎事有所未緒乎民有所未安乎且旦以自省力行不少怠蓋公之政智不訹乎上強不懾於貴明不蔽於吏其要豈易爲而已哉自強不息之功三年政成將入　覲陳其績之實行且有日民遮道願留不忍其去竊相謂曰我公之名在
帝心我公之政在民心今且行其爲名公卿致位宰輔也必矣其不使歐李專美前古幸爲我邦人榮余忝與公同政悉公之材之兼人政之治人惠之感人威之服人其聲實之美位德之稱宜其華耀千古爲無愧也敢書民牧之要爲天下同牧者告

潛谿續文粹序

樓璉

可名之功衆人知之難名之功君子知之至於不見其功而天下陰受其利者此非聖賢之徒不能知也周之積累舊矣

天下之[illegible]者[illegible]聖賢之[illegible]不[illegible]回之[illegible]矣
可名之以衆人知之難名之以君子知之至於不見其[illegible]

[illegible]文集序　[illegible]撰

同[illegible]者
作[illegible]之[illegible]宜其章[illegible]古[illegible]無[illegible]以也[illegible]書[illegible]文之要[illegible]天下
公之材之兼人故文[illegible]人[illegible]之[illegible]人[illegible]其[illegible]之美
矣其不可[illegible]文[illegible]事[illegible]古[illegible]人[illegible]今[illegible]公[illegible]
帝[illegible]公[illegible]文[illegible]今且行其[illegible]名公[illegible]也[illegible]
其[illegible]曰[illegible]公[illegible]
年[illegible]人[illegible]文[illegible]且有[illegible]不[illegible]
[illegible]不[illegible]自[illegible]不[illegible]三
[illegible]以[illegible]不[illegible]公[illegible]不

[illegible]一[illegible]以[illegible]曰政有所闕于事[illegible]有所未[illegible]民有所未
以[illegible]手不[illegible]向[illegible]民[illegible]以[illegible]公[illegible]白[illegible]近會[illegible]書[illegible]
於[illegible]公[illegible]其[illegible]事[illegible]上出[illegible]不[illegible]敢[illegible]以
道[illegible]書[illegible]會[illegible]吏一[illegible]時[illegible]不[illegible]以
上以[illegible]公一[illegible]由[illegible]之政吏不敢[illegible]以[illegible]州[illegible]
不[illegible]之[illegible]論[illegible]不[illegible]上[illegible]事[illegible]上之
[illegible]下[illegible]見[illegible]以[illegible]事以[illegible]公[illegible]
[illegible]中書[illegible]不[illegible]行[illegible]有不可者[illegible]上[illegible]
乎[illegible]公[illegible]之[illegible]下[illegible]不出一[illegible]
見[illegible]一[illegible]以[illegible]行[illegible]書[illegible]
[illegible]有[illegible]如[illegible]民[illegible]且[illegible]日[illegible]上[illegible]知[illegible]有[illegible]也[illegible]
天子以三[illegible]天下[illegible]京[illegible]大[illegible]不

由太王傳數世以及於武王用八百諸侯之助而始克商夫
豈一人之德一日之功也哉而孟子歸諸太公伯夷二老以
爲二老者天下之父也天下之父既歸之其子安往信是言
也則武王之武可不用而周徒以致人望而王孟子之言不
幾於過乎然事固有立乎此而應乎彼者山嶽出雲而霖雨
被四海人以爲霖雨之澤也而不知本於山嶽之助賢人鉅
儒之於國家不必有赫然之功而其及物常在乎事爲之外
謂天下果興於斯人衆人未必知而信之然欲天下之安定
非斯人亦莫之能也高祖之於子房世祖之於卓茂搴旗斬
將不與焉而尊禮在羣臣之上蓋其道德可以馴暴革姦智
謀可以開惑定事言論風采信乎人而傳于世也久矣吾從
而尊禮之則其所化服豈特若事功之淺乎當元之衰

國朝之始興也地大兵強據名號以雄視中國者十餘人皆
莫能得士
太祖高皇帝定都金陵獨能聘致太史金華公而賓禮之公
始見
上上問以取天下大計公以不殺對
上甚喜俾授
太子經每詢以治道公未嘗不以仁義爲言是時羣雄多嗜
殺好貨獨
上御軍有法命將征討戒以勿殺所至民歡樂之識者已謂
天下不足平及海內平定
上方稽古以新一代之耳目正彝倫復衣冠制禮樂立學校
凡先王之典多講行之而太史公實與其事在翰林爲學士

元先王之典謨訓誥之大史太公讀與其事任俊奇之學士
上古以來一人而已自正統倫理不同帝鑒學士學校
天下不足平及帝王之道
上御軍有未分付討論激以分條所至以撰集大備者已請
繳功貢闕
大千緣邊詔以召道公未嘗不以千載之言之書者多諸
上甚嘉悅賜
上問以致天下太平之術以下終
與見
大祖高皇帝定鼎全書儒臣所刊撰大史令事公而撰之公
真龍畢生
國朝之治典也大之輪藻以撰中國者十餘人咨

而李書之則其所作派論著書之八致乎當已之東
請可以開發宇言論風采傳于人而書十世也文義言能
將不盡言而要論事臣之上言其遺風所以劉燾宗著論
非訴人市豈文孫其也言固之作千夷而且以太人尊學者
諸天下東興作而人衆人未之初而信以衆致天下之安定
儒之於國事不以有而作之為而其存者十事為之然
微四族人以其森而之濃也而不知本故山雜人所賢人四
然外為乎此筆固有去乎此而遂乎夜者山雜古未族而
役也則起王之政可不用而固成以致人聖臣王事人書不
為三者天下之文也天下文文既歸之其乎以事富書
寶一人之治一日大方世致而善乎歸諸大以伯專二者以
四大王者文在以父太王用人白哲籍人明行成為大

中脩爲國子司業晚爲承旨先後二十年以道德輔導
皇太子
聖德寬大仁明而天下歸心愛戴稱頌洋洋者公之功居多
海外殊絶罕至之國朝貢之使接于國門至必問公起居
安否購公文集以歸日本至摹刻傳誦于其境内而近則
朝廷遠而窮山陋邑婦人穉子皆知公爲盛德君子聞其名
見其文未有不咨嗟敬愛者公修身於户庭之間而姓字播于千
萬里之外蠻夷異類皆知尊慕之使中國之美傳于無極其功蓋
大矣而當時之人未必能名其爲功此公所以爲盛與公之爲學
傳而知要其德粹然與世無競而端介之氣充養有道不爲利害
所移蓋仁人長者之風不見于世久矣乃於公而見之天之遺斯
世不亦厚乎惜夫世未獲盡被公之澤而公遽以疾終後十餘年

皇太子亦薨于東宮天下哀痛焉
今上既追崇
皇考爲孝康皇帝廟號興宗念
先皇舊學之臣悲公之不可作以近臣薦召公之孫懌復官
之於翰林凡
興宗皇帝所欲行而未遂天下所願欲而未得者
皇上皆舉而行之於是善譽洽于萬姓而公之文愈爲人所
愛重璉蚤從公遊辱公見知竊嘗歎天下知愛公文而不能
盡得其意且不能盡觀也以爲公昔無恙時嘗擇舊文爲文
粹以傳矣因復與同門友浦陽鄭楷叔度等取自仕
國朝以來所作復選録爲十卷名曰續文粹以傳于學者嗚
呼斯文也公之所爲雖可以傳世而不足以盡公之爲人也

中朝文與史公之所並垂可以傳世而不朽矣以盡公為人也
圖朝以公所作編錄為十卷名曰滄以詳以傳于學者記
祥以傳矣固復與同門友游陽郭前敘廣寧取自出
盡得其意且不能盡觀也故公為公言典甚譜文為文
寶重縱養於公游事公見於富春敷天下知公文而不能
皇上嘗嘆而行之作是書將合于萬姓而公之文合為入所
興宗皇帝所欲行而未達天下所願欲而未得者
又於翰林見
先皇講學之臣非公之文不可作以述其事乃公之文於實錄實
皇考高皇帝實皇帝廟號與宗合
今上踐位之年
皇太子亦嘗于東宮大下京序諸

年方亦方年滿大其大祿諸擬公之曉而公遠以疏數後十餘年
所於盡人良者文之際下更于在文矣乃於公而見於天下之遺書
有而知疑其得於與世所論而論於公之文乾于實有道不可知者
大矣而言為之入未之能者其為之此公所以為盛與公之為之學
德生之一寶業興於學於洪公之後中國之文美于十餘與其功業
見其文未有不能讚歎者公悅其學之故公成人所而其宇擔而士
明於說而於山臨而明歸人始于晉始公為盛始於歸士聞其名
為治說公大業以歸日本本王慕之誠諭于其宏內而說則
海外遠來者求王公之國而貢大夫朝於　國王至以文臣公為居
聖德遠聞之天下而天下歸心而安重道而其德化久於而居名
皇太子
中書舍人國子司業兼修撰翰林侍讀前後三十年以道德輔導

後有賢者考論　國朝之所由興而追惟
興宗德業之盛以詠歌今日之治于無窮太史公之功庶幾
可白于後世乎公諱濂字景濂金華人國史有傳

送左參議胡公之官江西序　　王景

洪武三十五年冬
皇上勑翰林儒臣修
太祖高皇帝實録愼選在位之士與纂修事而李公至剛以右通政來胡公以道以禮部郎中來王公孟陽以儒士又繼來三人皆浙江人何浙江之多士也未幾至剛陞禮部尚書仍領史事明年夏六月書成上厚賚銀幣錫以重爵以道陞江西左參議孟陽超授禮部主事尚書公謂予曰吾三人以鄉井之舊同列史館至驩也而以道獨駕部風翔于西江之

上顧一言以識别乎曰今之布政司古之州牧也舜分天下爲十二州州有牧故曰内有百揆四岳外有州牧侯伯是也然其職則維持侯伯以聯絡天下之勢以恪王度事至簡也今參議布政之亞也位第四職四品贊襄一司之事至重也然上有使有參政政不已出也然判與議必自已始已以爲是參政曰非是已以爲不然參政曰然爲使者必執其兩端而定之若參政曰然使曰不然參政曰非是使以爲是則已亦得執其中而用之則參議之職不輕而重也亦明矣然其議必本之以時制參之以舊章不屑屑泥古而不背于古上以宣
皇風下以合民情乎平蕩蕩歸于皇極而已若曰各持已見務爲矛盾以私害公事不立矣非　朝廷設官之意也以道

無是也以道爲部郎中且四年其同列皆坐剪斥以道翹翹然不染其難則以道之忠貞正大可見矣且皇上之所以命近臣而出任方面者重宣 德音使内外相聯屬也況江西密邇都邑治化尤所當先也以重臣宣德澤民易從也輔成太平之治在此行矣尚懋之哉是爲序

贈醫士潘徐二君序

王達

今年夏友人雷起潛之子曰豫疾求鄉里之精於醫者得一人焉曰潘克仁氏克仁治未二日而他適又求鄉里之精於醫未得一人焉曰徐士恒氏士恒造起潛所未二日而克仁又至二人者會不相嫌忌而啓藥且相與講明其得疾之由與夫去疾之法用何藥而可用何藥而不可二人者忘其所負挾而一以拯人爲念故雷氏子彌數日而愈矣起潛曰是

可無所報乎於是走泮宮徵余文以爲贈嗚呼天下之人非不衆且多也其間專事而妬賢者亦不爲少矣小人專事妬賢者固宜讀古人之書而懷小人之忌者亦豈少哉自淳朴之氣散往往以智力相雄長甲曰可乙曰不可甲曰善乙曰不善昧其良心汩於私意忘其已之短而嫉人之長安有相資成美謙遜長厚若潘徐二公者哉古人有言曰厚者不毀人以自益仁者不危人以要名吾於二公見之異日風俗之厚又安知不自二公始乎克仁專確有守且通於儒故録此以遺之俾往來觀者得以警於心焉

送鄭先生之昌國訓導序

鍾士懋

天下難處之事多矣惟處貧爲甚難天下處貧之人衆矣惟處之以正爲尤難處貧而能處之以正非讀書行道者無能

國朝之文□□□□□□□□以正非□書□□□□
天下雜□□□□□□□□□□大下□□□人家矣推
洪□□□□□國□□序　　　　　鍾士□
以遺之俾往來□□□□□□□□□□□□
厚文安知不自二公始乎□□□□□□□□□□□□比
人以自□□□□□□□□□□□□□□□□□□
□大美□□□□□□□□□□□□□□□□
不善□其□□□□□□□□□□□□□□□□
之□□故往往以□□□□□□□□□□□□□□□
賢者□宜諸古人之書□□□□□□□□□□□□
不□□臣各□其□□□□□□□□□□□□□□
可無所報乎□□□□□□□□□□□□□天下之非

□□□□一以□□□□□□□□□□□□□□□
□□天□□之法□□□□□□□□□□□□□□
又至三人□□不相□□□□□□□□□□□□□
□未□□一人□□□□□□□□□□□□□□□
人□□□□□□□□□□□□□□□□□□□□
今□□文□□□□□□□□□□□□□□□□□□
□□□□□□□□序　　　　　　　　　　　王□
□從□□□太□□□□□□□□□□□□□□□□□
□□□□□□□□□□□□□□□□□□□□□□
□□□□□□□□□□□□□□□□□□□□□□□
□□□□□□□□□□□□□□□□□□□□□□□
□□□□□□□□□□□□□□□□□□□□□□□

焉讀書行道而能處貧以正斯可以爲人師矣吾鄉自趙宋以來素稱文物衣冠之邦俊人秀士班班輩出不幸與時不偶而羨藜茹糗者不爲不多有如本忠鄭先生之甚貧者乎甚貧如其人者亦有之矣其或不堪於清苦而出入小德之門者不能無之是以如其人之甚貧而處之以正者雖乎難其人哉先生予同里人也治尚書能賦詩工字畫好古博雅矻矻焉年四十矣雖魚釜塵甑畧不曾有干求錙銖非所當得之心蕭然一室學徒數十人惟清坐講授皜皜乎高風勁節無有少虧缺也今年秋明州府有新太守廼能聽人道其甚賢且甚貧也繇是訪之爲鄞縣昌國學訓導書幣來猶偃蹇不起朋友交勸之始就焉於乎師道之不立也久矣士大夫窮經覈史貫穿百氏論道理辯古今說政事瀾翻其舌無

少疑滯操觚弄翰爲文章絢如雲錦以之居皐比迪來學綽綽乎其有餘裕然而往往不免失其重者何也以其計功謀利之心而任以正誼明道之責譬猶建樛屈之木而爲測景之表欲其遠近淺深度數之不忒也胡得焉傳曰不仁者不可以久處約先生之處貧也不爲不久守身也不爲不正吾屈指於鄉里讀書行道之人有斯人矣廼今居訓導之職表率諸生使諸生於黌臺之地潔清其本原夜氣之存凝澂其思慮書事之接澡雪其污染他日擬巍科躋膴仕者皆有冰蘗之譽而能誅鋤天下貪婪之徒豈不曰其師之堅苦有所甄陶而然哉予未耄顓及見之

贈楊布政序　胡廣

永樂三年秋七月初吉

[illegible]

[illegible]

[illegible]

永樂三年秋七月朔[illegible]

皇上命刑科都給事中西安楊某爲陝西布政使受
命之明日入謝且以本貫辭弗許將行其寮友鄧某王某合
士大夫爲詩以餞之而以序屬予予觀
皇上之用材隨其大小而器使之所以任其者以公天下爲
心固不以鄉里而爲嫌也某之材誠爲可用將無所施而不
可在
皇上既信之而無所嫌在某獨何嫌而辭之哉辭非所當辭
矣所貴乎君子者德修於已而信於人不出乎閨門跬步之
間而感動乎鄉黨州閭之外其機如影響仕不仕均是道而
已某之居鄉也孝弟忠信有以稱於人昆弟鄉黨既賢之今
之爲政有不必言語教詔而信從者矧夫生民之利病孰便
而孰否孰得而孰失皆嘗審察之其必能興其利而去其害

如饑之食渴之飲直知灼見而無過舉矣此其所以任某也
苟非行其情而戾乎公論則人孰得而加損哉某蓋不如是
也因其言論抗直敷答稱　旨故有今之　命矣予知其所
將必有異於是因書此爲序以贈

贈給事中周讓重使古剌序

聖天子德洽仁浹覆載之内靡不從化窮荒極域自古聲教
所不被者遣一介之使持咫尺之書以諭之莫不奔走承順
稽首來庭吁夫豈威力所能爲哉所謂日月所照霜露所墜
凡有血氣者莫不尊親蓋盛德感動之幾有如此夫古剌在
百夷之外萬餘里其名載籍未之前聞也給事中濡須周讓
賫奉　命使百夷聞古剌名且知其人素慕
聖化而欲朝中國者無以爲之先使歸以聞

天子嘉之遂命讓以往由滇池入百夷歷猿猴所家蛇虺所都魑魅所宅踰數月然後至至則其酋率其類驅象馳馬具舟艦供張旗伐鼓陳兵出迎於道咸喜懽以手加額曰使者從天而下也於其國中設新亭館以居讓等即遣使從他使者至　京師報謝留讓居歲餘日勞燕甚至今年夏遣使同讓備方物來貢且請臣寘吏

天子錫以冠帶印章授以古刺宣慰使賚予有加復命讓再往將行來索予言爲贈予惟使者之職其任匪輕非負剛毅之操拳勇之才通變之智不足以當是任夫無剛毅則必至於怯儒無拳勇則必至於折辱無通變則必至於膠固必全是三者而後可爲使也今讓以單車從數十人往返數萬里重數譯使於禽駭獸縱之夷以宣布

恩命發言慨慷忠奮激烈遇有無狀氣不少慴能使遠夷知

朝廷之尊是以口舌爲干戚其與昔之發卒治道者異矣傳曰使於四方不辱君命可謂士矣讓蓋有焉是行也予知自古刺之外有聞風而來者則必由於讓也

贈醫士陳名道序　　楊士奇

江漢間其俗尚巫有疾不事醫唯走巫求禱焉徼幸以治載醪牲實籩造謝巫之庭唯恐後即不治不咎巫必自反曰我之弗虔不敢懷纖毫怨懟且慮復有求也間有知巫之妄而從事於醫又罕遭乎良焉素不明陰陽表裏脉治之說而稱醫之師醫之師其治或投數十劑不效而又增劇者故雖什伯中復有一二精其術人弗信之矣江夏宋惟寘其弟病且殆凡與惟寘關忻戚者皆強之禱巫惟寘不應方博求爲醫

之良者有進陳名道既至診而藥之旬浹遂瘳惟憲謁文謝焉夫醫聖人之教也聖人憂民傷於寒暑飢飽勞慾有至乎夭死故爲醫之教使得保終乎天年者也巫者古以事神非有盜神之號以欺人也今盜神之號以欺人人亦安其欺雖百死不悔於乎先王之治天下有假於鬼神時日卜筮以疑衆者一切殺於司寇巫所爲疑不既甚矣乎故巫不誅醫不行民得保終乎天年者幸也然使今之信醫者皆惟憲爲醫者皆名道巫不足誅也而一惟憲一名道巫其可勝矣乎吾喜名道有成又重歎乎聖人之教也於是乎言

送陳叔振序

余居京師二十餘年四方賢大夫士之在

朝者皆得識之其尤賢者得相往還而樂也臨安故宋之都會其山水秀麗鍾於人多俊爽明達適當世之用然溺於其俗率務外忽內逐物徇時者或流而不返飭行與文者或矯以自高而求夫和厚端介志乎內不役乎外蓋不多見焉陳鏞叔振舉進士爲庶吉士在南京翰林與余處六年殆所謂和厚端介不矜不屈者非臨安之特出乎既與余先後來北京余調春坊叔振亦擢禮部主事而閒暇輒復過余蓋有志乎其內也今叔振調南京禮部相去益遠相與之樂益疏矣夫君子之於學也不以窮達壯老而苟有息意今南京諸司職務視往年千百之什一而載籍所萃四方莫加焉誠以其餘閒探索義理之正以究聖賢之用心卓然而行之將來所至豈特出於一鄉哉鄒孟氏曰尚論古之人古之人以叔振之資與志無不可至勉哉叔振豐城有史志靜余嘗相與者而

達闊久矣今於叔振爲同官其亦爲致區區之意

送李永定經歷序

永定吉水李明達先生冢子也余往年客武昌永定從先生在焉先生長余四十年忘年與余交厚時余兩人皆假館授徒永定洽奉養之資無日不相見也先生長身修髯飄拂可數面黧白如王雪氣韻磊落有行義讀書不泥章句興有所適竟日忘返嘗命余作樂府古辭遇有作取酒觴余向余歌相樂也後先生入竟陵永定以才舉授宣州衛經歷明年永定遣迎先生先生還過武昌訪余時仲秋之夕明月東出余數人者共浮小舟具酒殽出夏口亂流至禹王廟下飲酒既醉舍舟登大別山四顧下瞰秋興亭至郎官湖而還復酌酒大歡各賦詩昂古且寓離別之意先生三復其詩愴然既而

曰人生聚散風絮相值耳何足道也明日別去又三年先生沒矣嗚呼惜哉余至今未嘗忘先生而不可見矣見永定猶見先生也永定初在宣州有能名後以詿誤黜

上既正大統凡用人制法一遵

高皇帝舊章永定復還宣州求言爲贈夫經歷之任于爲之有素亦在致其明而已公無不明廉無不公修諸在已可也在已修無所往而不宜況於衛之經歷者乎遂書以贈別而今昔存沒之感有不知余中之浩然者矣

送李本懷歸東平序

永樂十九年冬士奇侍

儲君自南京入　朝道出彭城以北屬歲飢民男女老弱纍纍道傍拾草實以食而滕與鄒尤甚

儲君憫焉不忍民之及於此也遽　命山東布政使暨郡縣長吏計口而振貸之侍從之臣亦皆動念矜惻且竊憾其長吏不以豫聞也既度濟寧入東平之境視其民皆充然意氣和悅如無所不足者而老者數百人鬚髮如雪冠方巾褒衣而長裾濟濟焉夾道東西聚立俟展祇謁之禮從臣見者皆驚喜駐馬就而問之此邦歲庶幾有收乎曰然州其有賢守乎曰然輒舉手加額言曰皆

上之賜也又問州守氏名及其鄉郡曰前守楊公今之守李公皆出廬陵而并舉其宜民之政聞者既皆爲東平喜又喜其民之言達於禮也尚書夏公顧謂士奇曰廬陵固多賢此兩人者亦識之否乎士奇曰前守名瑒字季琛家吉水於士奇同宗蓋宋忠臣建康通判謚忠襄之後爲州縣二十年率

有善政今守名湘字永懷士奇同里人其父子兄弟慈孝友愛而力於生業未嘗以非義取皆鄉人所重者衆嘖嘖稱嘆曰古之官人者必推本其行其有以夫抵暮余獨過訪永懷唯一童子守舍家具蕭然是夜宿州學其博士弟子亦皆娓娓道二守之賢時驛路所經東平屬邑其南汶上有史知州其北東阿有貝知縣皆以廉潔寬厚得其民心故盡東平之境不見有不遂之民者而自是所過郡邑所見其民則未嘗不嘆東平之僅有也明年永懷以例代去其後

朝廷遣使巡撫天下問民所疾苦東平之民羣訴於使者乞還李知州使者以聞　命還之蓋東平自永懷去至是更三歲歷兩知州矣民心之好惡豈有他哉撫之不當其道不愜其意則欲去之如古謝詢之爲吳縣者蓋人情所同也如撫

其意則欲去今之名而復古記之人欲改郡縣者蓋人情所同也抑無
擬遷而知州矣民心之所好惡者也故無之下書其道下國
還幸知州使者以聞　命議之善東平自本朝至是更三
朝先遣使巡撫大臣所以　所以安東平之民屢訴以復者亡
不寶東平之舊有也明年未議以欲代去其後
竟不見有不欲文民者而自是所過所見其民則未嘗
其北東門有負知縣許以廉敦頌其民心故議東平之
擴遷三宇之賢驛路所經東平屬邑其南汶上有安知州
隅一邑千宇舍實其議以是寬富州學其博士壽于訪屬
曰古之官人者必推本其心有以夫欲養公論適言于末議
變而力於生業未嘗以非義取習鄉人所重者衆言讀漢
有年於今守而不懈士者同里人其父子凡若干年交

古同宗蓋宋紹定中連通判州謚忠襄之後從爲濮縣二十年李
兩人者亦識之否乎士吉曰前守名鄉守李采吉水公士
其民人言違於禮也尚書夏公顧諸士吉曰盍夫周公之近
公昔出濮陽而行舉其宜民之政閣者許之東平之文喜
上之賜也又問州守大名及其鄉郡曰前守漢公今之守李
乎曰然數與辛加論言曰嘗
鄉言祛其弟而問之比判濮衛之有汲乎曰汲州其有賢守
而相福澤者大道東西與立係民所譏從臣見者吉
和不惜如此所不足者而老者數百人譽安守雷方巾攻文
鄉人以豫聞中賢滋澤入東平之章顧其民有可大滋第
長文言十口而救之詐之又臣亦言普諭令於惟曰輔於其長
請君惘然不知其故乃入比也議　命山東布政使復議諸

之當其道愜其意其去也欲留之而不能如鄧攸之爲吳郡
者亦人情所同也其賢不肖相去豈直倍蓰什伯哉永懷之
賢亦攸之徒歟其所施諸東平者余及親見之故其復任也
序以爲贈亦以勵其終云

賜遊西苑詩序

宣德八年四月二十有六日
上以在廷文武之臣日勤職事不遑暇逸　特敕公侯伯師
傅六卿文學侍從游觀西苑以息勞暢倦於是成國公臣勇
豐城侯臣賢新建伯臣玉少師臣義少傅臣士奇臣榮尚書
臣璡臣溁臣中侍郎臣驥少詹事臣英臣直侍讀學士臣時
勉臣習禮拜　命以行時少保臣淮來自退休承
命偕行凡十有五人又　敕中官道自西安門入聽乘輿馬

及太液池而步太監臣誠奉宣
聖旨令徧歷周覽從容勿亟於是誠導之循太液之東而南
行觀新作之圓殿返而觀改作之清暑殿臣誠爲臣勇等言
二殿皆
皇上奉侍
皇太后宴遊之所也臣勇等仰瞻　殿庭周廡規制高明繕
作精密凡所以供奉之具潔清鮮好靡不悉備俯而思惟
皇上之聖孝
皇太后之盛福皆古今鮮有遂拜稽歡呼萬歲乃降而登萬
歲山至廣寒殿而仁智介福延和三殿及瀛洲方壺玉虹金
露之亭咸得徧造是日天宇澄明纖塵不作引而四望山川
之壯麗草木之芳華飛走潛躍之各隨其性萬象畢陳胸次

之壯麗由木之大也莫詳所志清寧宮之閣其深宏壯麗乘陳淵以
嶽之尊所以得清寧夏日大雨殿閣不仆也有西國畢山川
嶽山之靈實致而產今之盛衍中二殿及諸州方產王起金
皇太后之盛福自古今鮮有遂年萬歲方降而祥之蕃
皇上之聖孝
作清寧凡所以保養之具靡濟懇至者則不能有恩惟
皇太后安寧之所也臣爲紀作頌　既成周宏明播
皇上奉旨
二殿贊
行禮勸作之圖與斯而蕭成政令作文之清宴誠與同興應高新惟年言
聖旨令編纂周覽旋容分所不差是誠華之酒大宴以東而臨
及大夜之而安大監臣謁效未宣

命僧行凡十有五人又萃中書直自西洪門入觀兼事無
論臣直隸拜　命以行將少保臣從來自退休來
臣經臣及臣中書舍人郎臣通少詹事臣英臣直詹講學士臣
臣誠臣賓臣實行臣恒臣王少師臣榮臣學士臣兼詹事
傳六部文學之作於欽西諸公真參大夫文臣之圖
上以往文太史臣日數事不違暇者　行於公以象伯臣
宣德八年四月二十有六日
賜進西翰林三詩序
序公萬曆之太昧其所錄之云
實亦從之故數其所為言東平者今之文獻其本能存君之
其其非人情所同也其學不可相先生直唐命十俱其不得者
之調其道國之意其本也今淡公甚人而不能如道夜者文州興屬

豁然心曠神怡百慮皆凈信天造之佳境而人生之甚適也

已而中官傳奉

上命賜黄封之酒御厨之珍令咸醉而歸又拜受

命方爵數行時久未雨忽雲陰東來微雨霑席倉庚如簧和

鳴不已衆益以喜相與引滿勸酬盡醉而出臣聞一張一弛

文武之道

皇上統四海之廣撫兆姓之衆一日二日萬幾則以閒暇游

焉息焉且奉天倫之樂於茲誠宜又俯矜左右執事之勤亦

俾之預有今日之適　恩甚盛也於是羣臣欣幸遭遇賦詩

者若干人詩總若干首臣士奇預侍宴間於茲屢矣是以謹

序於卷端云

皇明文衡卷之四十二